Um astro do rock... Uma fã deprimida
Um fórum on-line para unir os dois

O Som de um Coração vazio

Graciela Mayrink
Autora de *Até Eu te Encontrar*

Bambolê

Coordenação Editorial: Ana Cristina Melo
Projeto gráfico e Direção de Arte: Idee
Revisão: Gerusa Bondan
1ª edição: julho/2018 – 1ª impressão: julho/2018

M474s Mayrink, Graciela
O som de um coração vazio / Graciela Mayrink. – 1. ed. – Rio de Janeiro : Bambolê, 2018.
224 p. ; 21 cm.

ISBN 978-85-69470-42-7

1. Literatura infantojuvenil. I. Título.

CDD : 028.5

Dados Internacionais de Catalogação na Publicação (CIP)
Bibliotecário Fabio Osmar – CRB7 6284

 O texto deste livro contempla a grafia determinada pelo Acordo Ortográfico da Língua Portuguesa, vigente no Brasil desde 1º de janeiro de 2009.

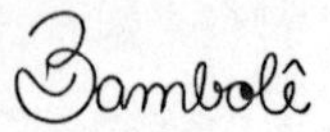

comercial@editorabambole.com.br
http://www.editorabambole.com.br

Impresso no Brasil

Para minha irmã, Flávia,
que aguenta minhas neuroses e manias todos os dias,
a pessoa que mantém meus pés no chão
e minha cabeça no lugar.
A força que sustenta a minha vida.

"Mas Angie, Angie, não é bom estar vivo?
Angie, Angie, nós não podemos dizer que nunca tentamos"

Angie, Rolling Stones (tradução livre)

"É incrível
Em um piscar de olhos você finalmente vê a luz
É incrível
Quando chega o momento em que você sabe que vai ficar bem
É incrível
E eu estou fazendo uma prece
para os corações desesperados esta noite"

Amazing, Aerosmith (tradução livre)

"E quando eu te toco eu me sinto feliz por dentro
É um sentimento tão forte que, meu amor,
Eu não consigo esconder"

I Wanna Hold Your Hand, The Beatles (tradução livre)

CVV (Centro de Valorização da Vida)
Telefone: 188
(24 horas - gratuito para todo o Brasil)

Prólogo

"Eu estava nas ruas
Apenas tentando sobreviver
Lutando para permanecer vivo"
Amazing, Aerosmith

Estava exausto, cansado, mas não conseguia dormir. A adrenalina do show percorria todo o meu corpo dolorido, ainda sentia as batidas da banda atrás de mim, o calor do público e o grito das meninas. Observava as luzes da cidade a perder de vista através da janela do hotel enquanto me secava, tentando me lembrar onde estava. Isto acontecia com frequência após os shows. A turnê atingia a metade e, depois de duas horas tocando e cantando, memorizar o nome do lugar em que me apresentei era algo confuso. Após um tempo respirando profundamente, eu me lembrei que estava em Curitiba e, no dia seguinte, iria para Porto Alegre.

Fechei a cortina e encarei a cama do hotel, que me chamava. Meu corpo pedia por ela, eu precisava descansar, mas minha cabeça estava a mil. O banho me acalmou um pouco, relaxou meus músculos, mas ainda me sentia entorpecido pelo agito das pessoas cantando alto minhas músicas e o cover do Aerosmith, que inseri na atual turnê. Acima da cama, o quadro levemente torto parecia rir de mim. Não estava dessa forma quando entrei mais cedo no quarto pela primeira vez, e tinha a certeza de que meu irmão havia feito de propósito, para ver como me comportava. Eu tentava ignorar, no fundo sabia que nada de ruim aconteceria se continuasse torto, mas ainda assim me incomodava. Forcei os dentes uns contra os outros, lembrando de minha mãe. A obsessão com objetos fora de seu devido lugar era herança dela, que conseguiu colocar essa paranoia na minha cabeça. Olhei pela janela e sabia que não enxergaria dois carros azuis na rua, por mais que eu quisesse; por causa da escuridão da noite, quase não havia movimento algum. Esperar que três pessoas passassem pelo corredor do hotel estava fora de cogitação, ninguém apareceria ali àquela hora. Todas as alternativas que escolhi para anular um acontecimento ruim eram inviáveis, o que me angustiava. *Nada vai acontecer, nada vai acontecer*, pensei, tentando mentalizar o máximo possível até acreditar. Ou fingir que acreditava.

Mergulhei nos lençóis brancos e aconchegantes. Cada poro meu parecia agradecer e soltei um gemido ao me enfiar embaixo das cobertas. O frio do início de junho que fazia lá fora não entrava no quarto, mas o ar-condicionado estava na temperatura mínima, tornando o ambiente gelado. Fazia assim sempre, independente se era inverno, verão, primavera ou outono; era minha forma de punir a mim mesmo por minhas neuroses.

Antes de fechar os olhos, me levantei e arrumei o quadro. Eu tentei, mas jamais conseguiria dormir com ele torto. Após me certificar de que consegui alinhá-lo corretamente com a cama e o teto, peguei o comprimido que estava na mesinha de cabeceira. A caixinha tarja preta estava escondida em algum lugar na mala do meu irmão, longe do meu alcance. Ele se convenceu de que precisava fazer isto, ou então eu engoliria mais de dois comprimidos, mesmo dizendo a ele várias vezes que não planejava acabar com a minha vida. Tomei o único que me era fornecido, que desceu como se rasgasse minha garganta, mas não me importei. Agarrei meu travesseiro e suspirei, me perguntando se voltaria a abrir os olhos na manhã seguinte.

Capítulo 1

"Acho que você entenderá
Quando eu disser aquilo"

I Wanna Hold Your Hand, The Beatles

Ao acordar, o primeiro pensamento que ocupava a cabeça de Carolina era se aquele seria o dia em que sentiria algo. Não via mais motivo para as pessoas acordarem felizes e, principalmente, como sua irmã, tão parecida e ao mesmo tempo tão diferente, começava suas manhãs animada. Só desejava ficar na cama, ouvindo música.

Tentava se lembrar da Carolina do ano anterior, extrovertida e animada, mas ela pertencia a um passado distante, um fantasma de uma vida anterior. Agora, parecia impossível ela ter sido assim algum dia; era como se estivesse se lembrando de alguém que conhecera e não dela mesma.

— Hora de ir para a faculdade! — gritou Luciana, entrando no quarto da irmã gêmea. Era assim que acordava Carolina durante a semana. — O dia está lindo e o Douglas vai vir nos buscar.

— Agora me conta uma novidade — disse Carolina, colocando o travesseiro sobre a cabeça enquanto Luciana se sentava na cama e puxava a sua coberta.

— Vamos, Carol, antes você não tinha tanta preguiça de ir para a universidade, agora está cada dia pior. O que aconteceu? — perguntou Luciana, embora soubesse a resposta.

— Nada — mentiu Carolina, se levantando e indo ao banheiro que interligava os quartos das duas garotas. Ela trancou a porta, indicando para a irmã que a conversa estava encerrada.

Luciana fez uma careta e olhou a parede acima da cama. Ficou observando os pôsteres pregados do cantor Gabriel Moura, o queridinho das adolescentes e obsessão de Carolina, e se lembrou da mãe querendo arrancar tudo antes das aulas começarem, no início do ano. A irmã teve um ataque e os pôsteres permaneceram no quarto.

Depois de um tempo refletindo sobre o período em que ela mudou, com a confusão da divulgação da *Foto* na internet pelo ex-namorado, Luciana se levantou e foi até a cozinha, onde Verônica terminava de preparar o café.

— Já coloquei dois mistos na sanduicheira para vocês e estou saindo, ou chegarei atrasada no trabalho. Certifique-se de que sua irmã comeu, ela tem emagrecido demais.

— Ok, mãe.

— Estou falando sério. Vocês, jovens, ficam com essas neuroses de serem magras e se esquecem da saúde. Se eu não faço sanduíche de manhã, vocês vão para a universidade sem comer nada. Não quero ninguém doente nem saindo sem se alimentar direito. — Verônica deu uma olhada pela cozinha antes de pegar a chave do carro.

— A Carol se alimenta direito — mentiu Luciana. — Acho que ela só fica um pouco triste, às vezes.

— Triste? Triste com o quê? O que há na vida de uma garota de dezoito anos para ser triste? Meu Deus, vocês procuram problemas onde não existem. — Verônica abriu a porta da cozinha e olhou a filha. — Diga para sua irmã comer tudo, viu?

Luciana concordou e decidiu não tocar no assunto da *Foto*, que já causara muita discussão em casa. Aquela não era uma boa hora para falar de Carolina com a mãe e, também, não sabia se havia algo a mais para dizer. Já tentara conversar com a irmã, que sempre fugia do assunto. O fato de estar triste ultimamente podia ser resultado de vários fatores, inclusive do episódio dos pôsteres, mas desconfiava de que o principal era o vazamento da *Foto*. Ou talvez fosse seu namoro com Douglas. Mal entraram na faculdade e ela e a melhor amiga de Carolina começaram a namorar, e isto pode ter ajudado a gerar um pouco de tristeza e afastamento entre elas, mas não adiantava pressionar. Se a irmã não queria conversar e sempre dizia que não havia problema algum, ela não iria forçar a barra.

O sanduíche ficou pronto e Luciana gritou para que Carolina viesse comer, na esperança de que, desta vez, não precisasse terminar o resto do misto-quente da irmã, para não correr o risco de a mãe encontrar no lixo e perceber que a filha não comeu tudo.

Eu já me acostumei a encontrar Igor mal humorado na parte da manhã. Ele é apenas dois anos mais velho do que eu, mas às vezes parece mais. Meu irmão é tão sério e compenetrado, cheio de ordens, tentando me colocar no caminho certo, como gosta de dizer, que o apelidei de General. O pessoal da banda adorou e Igor não se importou, acho até que gostou. Não sei se entendeu que eu estava sendo sarcástico.

Ele entrou no quarto quando eu estava terminando de colocar uma roupa limpa e me inspecionou, aprovando. Às vezes, eu me sentia como uma criança e não um cara de vinte e um anos, mas desisti de reclamar há muito tempo. Sabia que precisava de uma supervisão, e o fato de Igor exigir uma chave extra do meu quarto nos hotéis onde nos hospedávamos não me irritava mais, como acontecia antes. Ele olhou o quadro e fez uma careta, reprovando o fato de eu ter arrumado, mas não comentou nada.

— Todo mundo já tomou café da manhã — disse e fiquei mudo, apenas balançando a cabeça. — Você devia passar a descer para comer com os caras, socializar mais.

— Eu socializo — respondi, embora soubesse que era mentira.

— Sei que ainda não tem amizade com os caras, mas você precisa se esforçar, afinal, é a sua banda.

Concordei silenciosamente e fechei a mala. Era engraçado ouvir Igor chamando o pessoal da banda de "os caras", sendo que todos já passavam dos quarenta, cinquenta anos e não eram amigos do meu irmão. A tentativa dele em tornar tudo mais íntimo, fingindo que éramos todos grandes companheiros de farra, beirava o patético.

Desde que perdemos Tales, meu antigo baixista e o mais próximo que eu podia chamar de amigo, meu pai e Igor decidiram renovar minha banda sem me consultar. Segundo eles, meus antigos parceiros eram más influências para mim, meus fãs e minha música. Não tive tempo de reclamar e me rebelar; o episódio da morte de Tales aliado à minha overdose, além da crise de minha mãe, foram motivos suficientes para meu pai fazer o que quisesse e colocar Igor totalmente no controle da minha vida. Então, minha banda foi toda trocada para um grupo de caras mais velhos, que mais pareciam meus tios, todos com antecedentes checados para evitar um antigo usuário de drogas no meio. O único mais jovem era Breno, filho do baterista e nosso atual tecladista, além de meu novo melhor amigo, se é que o podia chamar assim, pois ele não sabia um terço dos meus segredos e pensamentos.

— Que horas saímos? — perguntei, mais para mudar de assunto do que por interesse, mas não adiantou muito.

— Em meia hora, você come algo no aeroporto. E vê se passa a interagir mais com a banda, para criar uma afinidade.

— Eu sei.

— Não parece. Por que não começa a descer de noite e conversar com os caras no saguão do hotel ou na pisicina, em vez de ficar enfurnado dentro do quarto?

— Eu tento, mas você sabe que de noite prefiro ficar sozinho, descansando e compondo — disse, dando ênfase na parte sobre criar novas músicas, para ver se Igor me deixava em paz.

— Sim, mas não é bom para a sua saúde mental ficar sozinho o tempo todo. É depressivo demais.

— Eu não sou depressivo — respondi, com raiva.

— Não disse que é, apenas que a situação é. Bem, às vezes, você é. — Igor se aproximou de mim e colocou a mão no meu ombro, o máximo de contato físico que ele arriscava desde que tive minha overdose. Parecia que meu irmão tinha medo de me quebrar ao tocar em mim. — Não quero que você fique igual à mamãe. Quero que fique bem.

— Estou bem — menti e saímos do quarto rumo a Porto Alegre.

Ao observar Luciana caminhando em sua direção, Douglas só pensou no quanto era sortudo por ter conquistado o coração da garota. Assim que as aulas na Universidade da Guanabara começaram no início do ano, ele ficou de olho na caloura de Marketing. Todos os seus amigos comentavam sobre ela e sua irmã gêmea, mas Douglas se encantou por Luciana e sempre a achou diferente de Carolina, talvez pela alegria estampada em seu rosto todos os dias.

Ele estudava no complexo de prédios que ocupava um amplo terreno no início do Recreio dos Bandeirantes, Zona Oeste do Rio de Janeiro, há um ano e meio e, durante este tempo, não namorou ninguém, nem esperava se envolver tão seriamente com uma garota durante o período da faculdade, mas Luciana era diferente.

— Sonhando acordado? — perguntou a namorada, quando entrou no carro, dando um beijo em Douglas.

— Não. Apenas admirando a minha garota.

Luciana sorriu, satisfeita. Carolina se acomodou no banco de trás e logo pôs os fones de ouvido.

— Podemos ir — comentou Luciana, percebendo Douglas olhar pelo retrovisor.

— Sua irmã não se cansa das músicas desse cara?

— Não vai começar a implicar, você sabe que eu também gosto dele. Se você curtisse, podíamos ligar o pendrive no carro e todos escutaríamos a mesma música — disse Luciana, tentando fazer cara feia para o namorado, sem sucesso.

— Eu sei, eu sei. Só zoação mesmo — respondeu Douglas. Ele gostava de implicar com Carolina por causa das músicas de Gabriel Moura. Não as achava tão ruins e até escutava algumas de vez em quando, principalmente as do último álbum, que estavam mais sombrias e dramáticas, diferente do som pop dos trabalhos anteriores.

— Animado para a festa de hoje? — perguntou Luciana, mudando de assunto antes que Carolina ouvisse Douglas criticar Gabriel.

— Sim, claro. Festa sexta à noite é sempre uma boa pedida.

Luciana olhou para trás e ia perguntar se a irmã topava ir com eles, mas já sabia a resposta. Como no dia seguinte seria o aniversário de Sabrina e Carolina iria com certeza, o mais provável era que ficasse em casa na sexta. Nos últimos meses, sair duas vezes à noite na mesma semana se tornou algo impensável no mundo solitário da irmã.

No banco de trás, Carolina mexia no celular ao som de *O Abismo*, uma de suas músicas preferidas do novo álbum de Gabriel Moura. Enquanto a voz dele ia narrando alguém que está desesperado procurando algo, correndo na angústia de alcançar o horizonte e ir para um outro mundo, longe de todo o sofrimento que o dominava, Carolina digitava no fórum que frequentava desde abril. Há cerca de dois meses ela descobriu aquele site e se sentiu em casa, compartilhando seus problemas e dilemas com completos estranhos, mas que pareciam entendê-la mais do que a sua própria família.

Ficou o caminho todo da Tijuca até o Recreio lendo os tópicos e escrevendo seu desabafo na página da web. Não esperava que alguém fosse entender ou responder, mas o simples ato de por para fora o que estava dentro do seu peito e da sua cabeça já ajudou. Saiu do site e tentou não pensar mais no assunto. De noite, ligaria o notebook e mergulharia nos debates do fórum, na esperança de se conectar a alguém.

Capítulo 2

"E quão alto você pode voar com asas quebradas?
A vida é uma jornada, não um destino
E eu não posso nem te dizer o que o amanhã trará"

Amazing, Aerosmith

Após as aulas de sexta, Carolina deixou o prédio de Arquitetura da Universidade da Guanabara acompanhada pela amiga Sabrina. As duas cruzaram o amplo jardim que ficava no centro do complexo de prédios, e se encaminharam para uma das lanchonetes. Todos os dias, elas almoçavam ali com os amigos.

Ao chegarem à lanchonete, Luciana e Douglas já ocupavam uma das mesas e conversavam animadamente com Júlio, namorado de Sabrina.

— Demoraram — disse o rapaz, dando um beijo na namorada.

Carolina se sentou ao lado de Luciana quando Rafael chegou, segurando alguns papéis que entregou para Douglas.

— Pronto, já tirei xerox de tudo, valeu, cara — disse Rafael.

— Se precisar de mais alguma anotação, é só avisar — comentou Douglas.

— Não, acho que peguei tudo. Faltar dois dias de aula aqui acaba com qualquer um.

— E por que você faltou? Ninguém me disse o motivo — perguntou Sabrina.

— Fui visitar minha avó, que estava doente, em Petrópolis.

— E como ela está? — perguntou Luciana.

— Melhor, ainda bem. — Rafael sorriu e encarou Carolina. — Está quieta.

— Essa aí tá sempre quieta — disse Júlio.

Carolina permaneceu calada, olhando o cardárpio. Embora o soubesse de cor, ela só queria ficar longe da conversa de sempre, que a deixava entediada.

— Deixem minha irmã em paz — comentou Luciana, chamando uma garçonete.

— Animados para a festa de hoje? — perguntou Douglas, tentando mudar de assunto para que a namorada não se irritasse ainda mais com as piadas de Júlio sobre Carolina.

— Muito. Vocês vão? — perguntou Rafael, ainda olhando Carolina.

— Sim — respondeu Luciana. — Estou tentando animar a Carol a ir.

— Ah, duvido que ela vá — respondeu Júlio, como se Carolina não estivesse presente. Sabrina deu uma cotovelada de leve no namorado e o censurou.

— Não estou a fim, estou cansada — respondeu Carolina, séria, falando pela primeira vez, encarando Júlio.

Todos olharam o cardárpio e começaram a fazer seus pedidos para a garçonete que se aproximou.

Entrei no quarto de um hotel cinco estrelas em Porto Alegre e Igor veio atrás, como sempre. Olhou em volta procurando algo, talvez um bolo gigante de onde sairiam *strippers* e traficantes, e depois foi até o frigobar checar se retiraram as bebidas alcoólicas. Fez um barulho com a boca, aliviado com o fato de só haver água ali, como se eu ligasse para as bebidas.

Nunca bebi muito, o álcool me deixa enjoado, tenho pouca tolerância a ele. Também nunca fui de arrumar encrencas nem de mexer com drogas, mas como tive uma overdose, meu pai e Igor passaram a acreditar que eu era um viciado que não podia ficar uma noite sem cheirar algo. É o estereótipo dos astros de rock e meu pai acredita cegamente que o filho seguiu por esse caminho. Ok, também não colaborei quando fui parar no hospital ao decidir experimentar cocaína.

E foi então que minha vida começou a ser supervisionada. Quando Tales me convidou para ir ao seu quarto após um show em São Paulo, na turnê passada, porque precisava me mostrar algo, pensei que era uma nova canção. Na época, ele estava tentando ajeitar a melodia de uma letra que eu havia lhe mostrado, então fui até lá na inocência de um compositor. Quando entrei, Tales estava agitado e não falava coisa com coisa. Ele me puxou até a mesa que havia ali e me mostrou várias fileiras de pó branco. Eu sabia o que era.

— É da boa — disse ele, mas dei um passo para trás. — Ah, cara, vamos viver.

Fiquei um tempo olhando a mesa onde parecia que um punhado de açúcar havia caído. Embora soubesse que aquilo não era inofensivo, eu estava com raiva do mundo e, principalmente, da minha mãe. Ela havia tido sua primeira crise grave e fora internada durante alguns meses em uma clínica no Rio de Janeiro, me abandonando nas minhas obsessões depois de me deixar com neuras que nunca tive. Então, pensei, *que se dane*.

Tales empurrou um copo com um líquido incolor e eu virei de uma vez. A vodca desceu queimando minha garganta, mas ele encheu o copo de novo e voltei a beber. Isso foi há quase dois anos, no dia em que soube que meu pai internara minha mãe. Estava um trapo, havia feito o último show da turnê anterior, que foi muito ruim. Errei várias músicas e ainda bati boca com Igor antes de voltarmos para o hotel.

— Nunca cheirei — confessei para Tales. A verdade é que nunca havia nem fumado um cigarro comum.

— Tudo tem uma primeira vez.

Virei outra dose de vodca e me debrucei em cima da mesa, imitando Tales. Minha cabeça estava a mil e meu coração em frangalhos. Minha mãe e eu sempre fomos muito próximos. Era com ela que conversava e contava meus problemas, foi ela quem esteve ao meu lado nas minhas conquistas e a primeira a me incentivar a seguir a carreira de cantor. E foi ela quem me fez ficar obsessivo, me enfiando neuroses de que se algum quadro estiver fora do lugar algo ruim vai acontecer, ou que se eu não lavar a mão várias vezes ao dia posso ser contaminado por uma superbactéria e morrer. E outras coisas mais.

Não tenho ideia de quanta vodca bebi e quantas carreiras cheirei. Naquele momento, nada me importava, apenas queria que tudo parasse. Não sabia que estava com princípio de depressão, nem que precisava pedir ajuda. E tive uma overdose que me deixou internado alguns dias em um hospital. Meu pai e Igor surtaram tentando abafar tudo para a imprensa não descobrir. Minha mãe estava internada sem saber o que acontecera comigo, meus fãs acreditam que tive apenas uma intoxicação alimentar, Tales morreu e a banda foi trocada pelo que meu pai classificou como "*um bando de caras mais responsáveis*".

Igor me chamou, fazendo eu acordar das minhas lembranças.

— Não se esqueça, daqui a uma hora vamos para o estádio fazer a passagem de som. Vou te ligar ou mando Dois Por Dois vir aqui — disse, se referindo ao meu segurança favorito. Não me lembro mais o nome dele, só o chamo de "DoisxDois" porque ele é tão largo e alto que, quando o conheci, disse que tinha dois metros de altura por dois de largura. O apelido pegou e ele ficou após a troca da banda. É um cara gente boa, que sabe fazer bem o trabalho sem maltratar ou machucar alguma fã mais afoita. Acabou sendo adotado pelos meus fãs, que o seguem nas redes sociais e tiram fotos com ele nos hotéis e shows.

— Prefiro que DoisxDois venha me chamar — respondi, tentando provocar Igor.

— Não se atrase. — Ele me encarou e deu um sorriso que não entendi.

Balancei a cabeça e ele saiu do quarto, empurrando o quadro que havia em cima da cama para ficar torto. Que raiva! Agora eu passaria uma hora encarando aquela porcaria de quadro até me decidir se o ajeitava ou não. E por que os hotéis sempre colocam quadros nos quartos?

Olhei para o teto, resmunguei alguns palavrões e me joguei na cama ao lado do notebook, pegando meu travesseiro de estimação, que sempre estava comigo nas viagens. Fiquei pensando em um modo de me vingar de Igor e, quando puxei o lençol para me ajeitar, tive uma ideia. Desde minha overdose, meu irmão 'pisava em ovos' comigo e às vezes eu abusava. Engraçado que sabia que estava sendo cruel, e até me sentia mal, mas continuava fazendo assim mesmo.

Enquanto esperava o notebook iniciar, fiquei bolando minha vingança besta e infantil e dei uma espiada no quadro. *Calma, nada ruim vai acontecer porque o quadro está torto*, pensei e fiquei repetindo a frase na minha cabeça. Cogitei ir até a janela ver se enxergava dois carros azuis, mas consegui me controlar e me senti bem com minha força de vontade, mas a verdade é que esperava que talvez passassem três pessoas pelo corredor do hotel no período de tempo que tinha livre. Tudo bem, eu me autossabotava, mas quem não faz isso?

Abri o navegador, sem vontade de fazer alguma coisa. Tinha uma hora para gastar e não queria fazer nada, mas precisava tirar o quadro torto da cabeça.

Sem pensar muito, digitei "depressão" no campo de busca do Google e surgiu uma lista com vários sites ou artigos. A palavra ficou na minha cabeça desde que Igor insinuou que eu era depressivo. Eu era? Sim, mas havia meses em que não pensava mais no assunto. Acreditava que estava curado após as míseras consultas com o Dr. Amorim e que ficar quieto, calado, guardando tudo para mim, sofrendo com meus problemas e me achando a pior pessoa do mundo era algo normal.

Abri alguns sites, li opiniões de profissionais e fui me identificando. Encontrei um estudo realizado pela Federação Mundial de Saúde Mental que dizia que uma em cada 20 pessoas tem depressão. Fiquei chocado. A instituição estimava que a doença afetava cerca de 350 milhões de pessoas ao redor do mundo, e eu era uma delas.

Mudei de janela porque comecei a ficar ainda mais deprimido com tantas informações tristes, e encontrei um fórum de debates chamado Depressivos Anônimos. Abri e comecei a ler alguns depoimentos. É sério que alguém se expõe assim na internet?

Há tempos que não mexo com redes sociais, então não sei como as pessoas andam usando esses sites e aplicativos. Cheguei a estar em todas para divulgar meu primeiro álbum, mas elas tomavam muito tempo do meu dia. Comecei a ficar maluco com a quantidade de mensagens para responder e parecia que, quanto mais eu respondia, mais mensagens e e-mails apareciam. Isso se tornou uma nova obsessão, sentia que precisava responder todo mundo imediatamente ou algo ruim ia acontecer comigo ou com essa pessoa, ou perderia todos os meus fãs. Se eu não respondesse logo, todos parariam de me seguir ou curtir minhas músicas. Comecei a virar noites em claro na internet e ficava o dia todo mexendo no celular, até que Igor tomou as rédeas da situação. Com muita relutância e conversa, e para não abandonar tudo, meu irmão passou a movimentar as contas dos milhares de aplicativos e sites que uma pessoa pública deve usar. Estava cadastrado em todas as mídias, mas era ele quem postava mensagens, fotos e vídeos como se fosse eu; os fãs acreditavam, eu não sofria mais ao não conseguir responder de imediato e a vida seguia feliz.

Abri alguns tópicos, mas era a mesma coisa sendo dita sempre. Claro, parecia que eu havia escrito a maioria daquilo, mas não me interessava ler o que já sabia e sentia; para isso existiam as minhas músicas, era nelas que me expunha. As canções serviam como uma forma de desabafar para o mundo o que estava dentro de mim, na minha cabeça, o que me angustiava, sem que alguém ficasse me julgando. Para os outros era arte; para mim, uma forma de não ficar louco.

Ia fechar o fórum quando um título e um nome chamaram minha atenção.

Tópicos	Usuário
Sensação através dos cortes	*carol_do_moura*

O título em si não me interessou tanto, mas o nome da usuária fez um alarme soar dentro de mim. Se fosse carol_moura eu poderia pensar que era o sobrenome da menina, mas o modo como estava escrito...

Abri o tópico e fiquei ainda mais chocado com o que li:

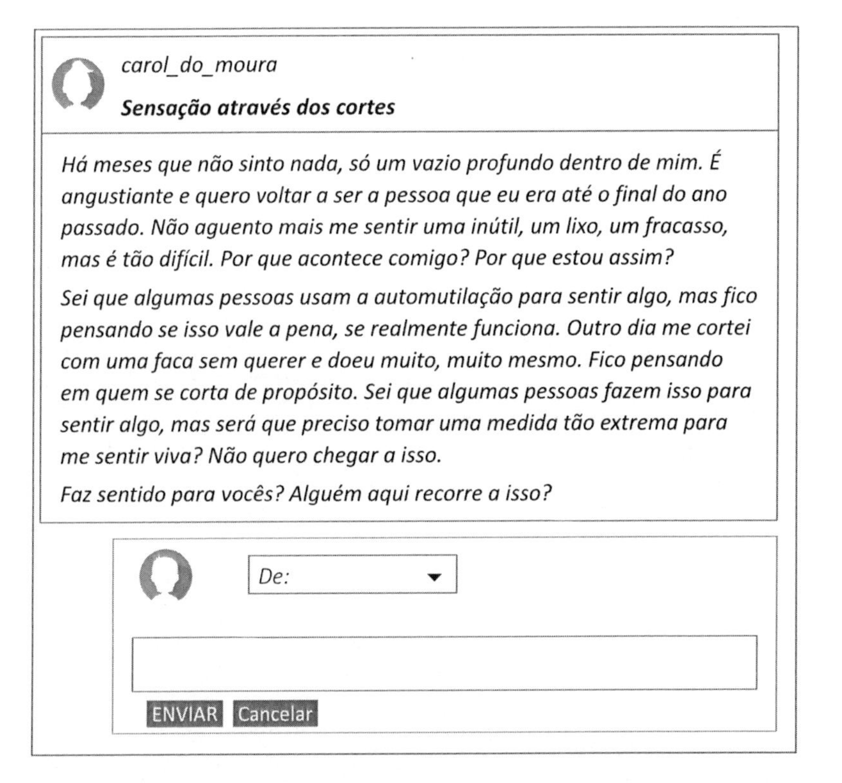

carol_do_moura

Sensação através dos cortes

Há meses que não sinto nada, só um vazio profundo dentro de mim. É angustiante e quero voltar a ser a pessoa que eu era até o final do ano passado. Não aguento mais me sentir uma inútil, um lixo, um fracasso, mas é tão difícil. Por que acontece comigo? Por que estou assim?

Sei que algumas pessoas usam a automutilação para sentir algo, mas fico pensando se isso vale a pena, se realmente funciona. Outro dia me cortei com uma faca sem querer e doeu muito, muito mesmo. Fico pensando em quem se corta de propósito. Sei que algumas pessoas fazem isso para sentir algo, mas será que preciso tomar uma medida tão extrema para me sentir viva? Não quero chegar a isso.

Faz sentido para vocês? Alguém aqui recorre a isso?

De:

ENVIAR Cancelar

Entrei no link que havia em cima do nome e vi que dava para enviar mensagens para os usuários do fórum. Eu me cadastrei e cliquei em "carol_do_moura" e uma janela abriu, como um chat. Fiquei um tempo encarando aquela janelinha, com o coração batendo rápido. Ela era minha fã? O Moura era eu? Por quais problemas ela estava passando? Saber que uma fã minha também sofria como eu, estava deprimida e triste fez com que sentisse vontade de conversar com ela.

Digitei uma mensagem e mandei, e depois me senti um idiota quando li aquilo:

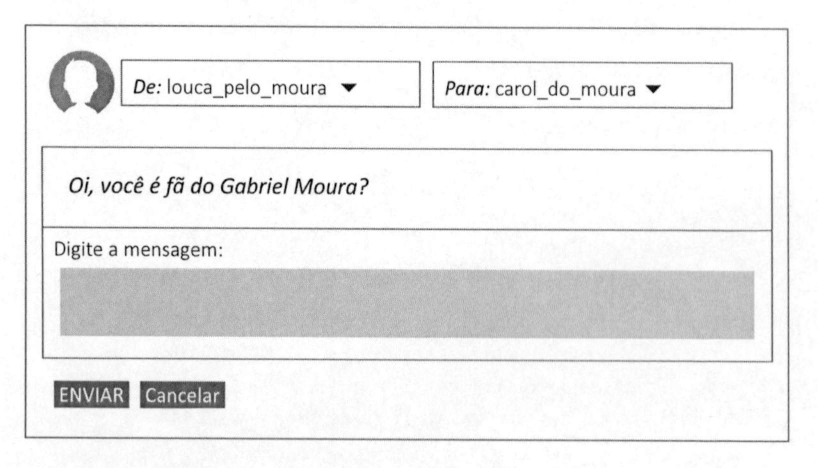

Ok, meu nome de usuário era podre e minha mensagem pior ainda. Fiquei olhando a janelinha, me sentindo um imbecil. A menina falando que estava mal, pensando em se cortar, depressão pesada, e eu mandei uma mensagem perguntando se ela era minha fã? Aquilo não era um fórum de fãs de um cantor, era um fórum de depressão. Quanto egocentrismo!

Ia mandar mais alguma coisa, mas o telefone do quarto tocou e, quando atendi, Igor gritou do outro lado para eu descer. Fechei o notebook e saí para a passagem de som e depois o show.

O dano já estava feito.

~•𝄞•~

Ao entrar em casa, Carolina foi direto para o quarto. Luciana fez sinal para que Douglas se acomodasse no sofá e seguiu a irmã.

— Tem certeza de que não quer assistir a algum filme com a gente? — perguntou Luciana, enquanto Carolina tirava o tênis e se jogava na cama.

— Não, obrigada, vou tentar colocar alguma série em dia — mentiu ela, pegando o notebook e indicando que não queria mais conversa.

— Ok, qualquer coisa estamos na sala. Vou fazer pipoca e trago um pouco para você — disse Luciana, saindo do quarto. Encontrou Douglas no sofá com a TV já ligada. — Vou fazer pipoca, escolhe um filme para nós.

Luciana entrou na cozinha, com o namorado atrás.

— Carolzinha não vai assistir com a gente?

— Não.

— Ela fica muito sozinha no quarto — comentou Douglas e quase se arrependeu ao ouvir o suspiro da namorada. — Ei, não quero me meter, mas me preocupo, você sabe — disse, abraçando a namorada.

— Ela é assim mesmo. — Luciana deu de ombros, retribuindo o abraço. — Tem gente que gosta de solidão.

— Só estou comentando porque vocês são tão diferentes.

— Não é porque somos gêmeas que fazemos tudo igual. Aliás, para quem é gêmeo, é um saco ficar ouvindo essas coisas, viu? — Luciana tentou brincar, mas no fundo sabia que o namorado estava certo. Ela se afastou dele e se concentrou em ajeitar o pacote de pipoca no micro-ondas.

— Sim, não estou falando isso. É só que não acho legal ela ficar lá o tempo todo.

— Eu também não, mas a Carol é assim. Acho que fica melhor sozinha, assistindo à série no notebook.

Douglas ia voltar para a sala, mas parou no meio do caminho.

— Eu sei qual é o motivo para ela ter ficado desse jeito, porque você mesma falou que, antes da *Foto*, Carol era mais parecida com você. E sei também que aqui nesta casa o assunto é proibido, mas eu quero ajudar.

Luciana o olhou e se sentiu feliz por ter Douglas ao seu lado. Nem todos os homens eram namorados compreensivos, atenciosos e amorosos e desejou que a irmã arrumasse alguém parecido. Ela se aproximou dele e deu um beijo rápido em seus lábios.

— E eu amo você por isso, só que, no momento, é melhor deixar o assunto morrer até ser enterrado de vez.

— Talvez sim, mas tenho medo de que ela entre em depressão.

— Estou atenta a isso, mas acho de verdade que pode ser uma fase. Acredite, já tentei várias vezes conversar com a Carol e fazê-la perceber que essa questão está no passado. Vamos dar tempo ao tempo. Pelo menos, agora temos conseguido levá-la a algumas festas. Daqui a pouco ela voltará ao que era antes.

— Você é quem manda, mas estou aqui, viu? — Douglas balançou a cabeça e beijou a testa da namorada, voltando para a sala.

No quarto, Carolina abria o fórum do Depressivos Anônimos quando Luciana entrou com um balde de pipoca. Já estava preparada para isso, deixando um episódio de *Stranger Things* rolando no notebook, assim a irmã só entregou a pipoca e saiu, para não atrapalhá-la. Depois de um tempo, Carolina fechou o vídeo.

Quando acessou o fórum, a janela do chat abriu imediatamente e ela se assustou. Em meses cadastrada ali, nunca alguém havia conversado diretamente com ela. As trocas de mensagens aconteciam apenas nos tópicos existentes ou que ela criava. Ao ler o que estava escrito, Carolina ficou surpresa. O recado era de uma garota perguntando sobre sua paixão por Gabriel Moura, uma mensagem inusitada em um fórum de depressão.

Ignorou a janela por um tempo e até pensou em nem responder, mas precisou espairecer após ver o tópico que abrira sobre automutilação. O usuário Mr. Depressão comentara "*se cortar: vai fundo*", o que a deixou com raiva. Ela o denunciou aos moderadores do fórum, embora soubesse que não daria em nada. Há tempos alguém se cadastrava com nomes ridículos e ficava menosprezando vários tópicos. Os moderadores até pensaram em utilizar o sistema de cadastro de CPF para fazer parte das conversas, mas o que deixava os frequentadores tranquilos era o fato de terem total privacidade. Ali, todos eram anônimos trocando experiências.

Sempre havia alguém para debochar dos problemas dos outros. Como a maioria dos usuários, ela passava por um período difícil e o fórum era de grande ajuda. Naquele espaço, Carolina encontrou conforto e conselhos que faziam com que se sentisse um pouco melhor em determinados dias. Era bom ter pessoas que compreendiam o que ela estava passando.

O Depressivos Anônimos não era apenas um refúgio, servia como um diário, uma espécie de terapia onde Carolina conseguia expor o que sentia com a proteção da privacidade. Não entrava em sua cabeça o motivo de alguém perder seu tempo indo depreciar e debochar dos outros, principalmente de quem está frágil. Ela não conseguia entender por que alguns não consideravam a depressão uma doença, e sim uma besteira, e passavam seu tempo brincando com os sentimentos de quem procurava apoio. Elas não percebiam que as pessoas que estavam ali precisavam de ajuda de verdade?

Infelizmente, para a maioria que sofre de depressão, o assunto ainda era um tabu a ser discutido com os outros. Era difícil pedir ajuda e fazer quem não sofre da doença entender o que acontecia com ela. Por isso, muitos que frequentavam o fórum só conseguiam se expressar naquele lugar, sem medo de serem taxados de ridículos, ou algo pior. Fora dali, quem não passava por aquilo ainda via a depressão como algo que a pessoa podia controlar facilmente, uma desculpa para ficar o dia todo deitado na cama sem fazer nada. E, apesar da raiva, ela não podia julgar alguém que pensasse assim, já que seus próprios pais consideravam o assunto uma futilidade.

Para esquecer a mensagem do Mr. Depressão, Carolina decidiu abrir novamente a janela do chat e digitou uma mensagem.

Capítulo 3

"Houve tempos em minha vida
Em que eu estava ficando louco
Tentando atravessar a dor"

Amazing, Aerosmith

Existem momentos em que qualquer coisa te desanima. E há aqueles períodos em que nada funciona. Era como Carolina se sentia praticamente todos os dias. Bem, quem ela queria enganar? Era como se sentia todos os dias desde dezembro do ano anterior.

Ao menos havia uma fuga: seu notebook, o companheiro de tardes, noites e madrugadas. E o fato de a irmã estar com Douglas ajudava, pois Luciana saía quase todos os finais de semana. O namoro começou praticamente junto com a faculdade e contribuiu para que Carolina ficasse cada vez mais isolada no quarto. Ela estava feliz pela irmã, isso não a incomodava, pois assim podia ficar em paz em seu canto, sofrendo a sua dor sozinha.

Após o episódio da *Foto*, ela acreditou que a Universidade da Guanabara seria um porto seguro, onde poderia começar de novo, mas quando uma aluna fez um comentário sobre ter visto sua tatuagem em algum lugar, Carolina entrou em pânico novamente, com todo o tormento do final do colégio voltando. Passou a andar pelo campus assombrada pela vergonha, já não se sentia em proteção e confortável nos jardins e corredores da faculdade. O medo de que a imagem surgisse mais uma vez e todos ali pudessem descobrir sua humilhação se tornou uma presença constante. Mesmo o ex tendo afirmado ao pai dela que apagara a *Foto* do computador, ela receava que alguém tivesse salvado uma cópia. Só em pensar na possibilidade, sentia vontade de chorar.

Agora, apenas o seu quarto a tranquilizava. Era seu reduto, sua fortaleza, e o notebook, o amigo de todas as horas. Foi ele quem a apresentou ao fórum do Depressivos Anônimos e a levou a conversar com pessoas que passavam pelos mesmos problemas que ela. O notebook servia também para Carolina assistir a algumas séries e filmes, além de ser a desculpa perfeita para poder ficar horas e horas trancada no quarto sem alguém incomodá-la, já que podia deixar um episódio de alguma série aberto ao mesmo tempo em que ficava no fórum.

— A pizza chegou — disse Luciana, abrindo a porta do quarto da irmã.

Sem muito ânimo, Carolina se levantou da cama e reparou na nova jaqueta vermelha de Luciana.

— Ficou ótima! — comentou Carolina, demonstrando o entusiasmo que se espera quando alguém aparece com uma roupa nova. Ela se sentia feliz pela irmã, mas nem sempre era fácil mostrar isso.

— Ficou mesmo! Foi uma compra que valeu a pena — disse Luciana, alisando a jaqueta. Ela pegou a mão da irmã. — Tem certeza de que não quer mesmo ir à festa?

Carolina fez uma careta e balançou a cabeça.

— Prefiro ficar em casa assistindo algo no notebook.

— Ok. — Luciana continuou segurando a mão da irmã e fez uma leve pressão. — Você sabe que estou aqui para o que precisar, certo? Se quiser conversar sobre alguma coisa específica ou sobre nada, sobre séries ou até o lindo do Gabriel, estou aqui.

As duas sorriram à menção do nome de Gabriel Moura, com uma cumplicidade de irmãs que admiram o mesmo artista, e automaticamente encararam um dos pôsteres que estava na parede. Nele, Gabriel tinha os olhos verdes fechados, segurando o microfone com ambas as mãos em um show, com a guitarra pendendo no corpo, presa pela correia que atravessava as costas e um de seus ombros. O suor escorria pelo rosto e partes do cabelo loiro escuro grudavam em sua testa. A foto parecia ter sido tirada no instante perfeito, com a intenção de deixá-lo ainda mais sedutor para as milhares de garotas que sonhavam com ele.

— Eu sei. Estou bem, de verdade.

— Ok, mas tenha sempre em mente que estou aqui. Aos poucos tudo vai melhorar e se ajeitar — disse Luciana, puxando a irmã para a cozinha.

Verônica estava na sala falando ao celular com alguma amiga, a TV ligada sem ninguém assistindo. Na cozinha, o pai colocava duas fatias de pizza em um prato e já se encaminhava à dependência do apartamento, transformada por ele em *home office* para dar continuidade ao trabalho da firma de advocacia.

— Não se esqueçam de fechar a caixa da pizza, para não esfriar — disse Nélio, antes de sair da cozinha.

— Nunca nos esquecemos, pai — comentou Luciana. — Vou sair com o Douglas, ok?

Nélio se voltou para as filhas e concordou com a cabeça. Ficou um longo tempo analisando Carolina, que pegou um prato e serviu um pedaço de pizza em uma tentativa de fugir dos olhares do pai. Ela não estava com muita fome, mas sabia que precisava comer ao menos uma fatia para não ouvir recriminações da mãe.

— Não vai sair, Carol? — perguntou Verônica, entrando na cozinha.

— Não.

— Está desanimada, querida? — Verônica se aproximou de Carolina, mas parou antes de tocar na filha ao ver o semblante de Nélio.

— Ora, não venha com mais essa besteira, Verônica. Carolina não está mais triste, nem desanimada.

— Eu sei, mas ela fica muito no quarto sozinha — argumentou Verônica.

— Todos os jovens são assim hoje em dia — disse Nélio, tentando não perder a paciência. Em sua cabeça, se Carolina estava daquele jeito, a culpa era apenas dela. Encarou a filha. — Não sei do que mais você precisa para ser feliz. Está em uma boa faculdade, tem um teto para morar, comida no prato, tem tudo.

Carolina estremeceu com as palavras do pai e se encaminou para a porta da cozinha, em direção ao seu quarto, com o prato na mão e uma latinha de refrigerante que pegou na geladeira.

— Não estou triste, nunca falei isso. Só quero ficar no quarto assistindo algo. Qual o problema? — disse ela, saindo.

Os três ficaram em silêncio na cozinha por alguns instantes, o fantasma da *Foto* pairando sobre todos, até escutarem a porta do quarto sendo fechada.

— Por que vocês gostam de fazer isso com ela? — Luciana não escondeu sua indignação.

— Não fizemos nada. — Verônica tentou se defender. — Vocês, jovens, arrumam problemas onde não existem. Não entendo por que sua irmã insiste em ficar trancada no quarto. Por que não sai para se divertir com você?

— Ela não quer, não há nada de mais nisso.

— Deixa a menina, Verônica. Se ela quer ficar enfiada no quarto se sentindo a pior pessoa do mundo, o problema é dela — disse Nélio.

— Ela não tem culpa por ficar deprimida às vezes. É normal, depois do que passou — disse Luciana.

— Deprimida? Que coisa mais ridícula de se dizer. Tudo o que aconteceu foi culpa dela. Se me ouvisse mais vezes, não teria feito a burrada de tirar uma foto completamente nua para o namorado — respondeu Nélio um pouco alto demais e foi para seu *home office*, encerrando a discussão.

— Não era uma foto dela totalmente nua — sussurrou Luciana, enquanto Verônica saía da cozinha balançando a cabeça.

Não aguentava mais uma discussão sobre aquele assunto abominável.

Ao voltarmos para o hotel em Porto Alegre, de madrugada, Igor percebeu minha cara de poucos amigos. Eu estava com muita raiva por tudo o que aconteceu de errado no show, e a culpa era dele e da porcaria do quadro torto. Quando o show terminou, passei por ele bufando e não abri a boca até estarmos os dois no elevador.

— Amanhã saímos às duas horas para uma entrevista — disse Igor, quebrando o silêncio.

— Peça para tirarem todos os quadros dos quartos nas próximas cidades.

— Ah, qual é? — Ele tentou brincar, mas percebeu minha raiva e assentiu. — Vou pedir, mas você sabe que um simples quadro não tem poder sobre o universo.

Fechei ainda mais a cara, se é que isso era possível, e saí do elevador com pressa. Ele veio atrás, mas o impedi de entrar no meu quarto.

— Por que os lençóis dos hotéis fazem barulho? — perguntei.

Igor piscou algumas vezes e ficou me olhando com uma expressão perdida.

— Não sei... Deve ser o modo como lavam ou secam.

— Descubra para mim — respondi e ia fechar a porta quando ele a segurou.

— É sério?

— Claro. — Sorri, para mostrar o quanto queria aquela preciosa e fútil informação e ele concordou. Igor foi para o quarto totalmente confuso e fechei a porta, me sentindo vitorioso.

Não tinha o menor interesse em descobrir o motivo do barulho que os lençóis dos hotéis fazem, embora isso seja um pouco irritante quando se tenta dormir. A verdade é que desejava me vingar dele por ter deixado o quadro torto, o que resultou no meu tropeço no palco e me fez errar a letra de *Minha Louca Obsessão*, meu mais recente sucesso, além de eu ter gaguejado no cover de *Amazing*, do Aerosmith, uma música que eu sei de cor desde que era pirralho. Tinha a certeza de que Igor ficaria sem graça de perguntar a alguém a origem do barulho do lençol, mas também sabia que descobriria. Ele fazia tudo para mim e eu abusava da boa vontade dele. Só que naquele momento meu irmão estava merecendo.

Tirei a camisa e o tênis e encarei o maldito quadro torto. Dizendo vários palavrões, o arranquei da parede e guardei no armário. No fundo compreendia que não havia tropeçado no palco e errado as músicas por causa da falta de sincronia de um quadro com a cama e o teto, mas existia dentro de mim a dúvida: se eu o tivesse ajeitado antes, todo o caos do show teria acontecido?

Suspirei e me joguei na cama, pegando o notebook e abrindo meus e-mails. Praticamente só havia spam na caixa de entrada, já que quase não recebo e-mail particular de ninguém, e ia desligar quando vi a notificação de que minha mensagem no Depressivos Anônimos foi respondida. Meu coração bateu forte e entrei no fórum para ler.

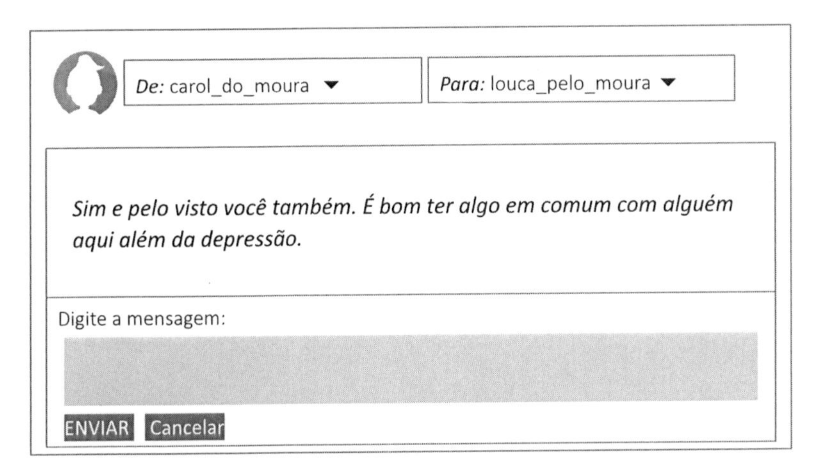
De: carol_do_moura

Para: louca_pelo_moura

Sim e pelo visto você também. É bom ter algo em comum com alguém aqui além da depressão.

Digite a mensagem:

ENVIAR Cancelar

Ela respondeu. Minha fã depressiva me respondeu. Ok, e agora? O que eu devia fazer?

Sem pensar muito, enviei uma carinha feliz. Depois de enviá-la, percebi que não era a melhor coisa para um depressivo mandar. Tentei consertar e mandei um *"de onde é?"* e fui até o frigobar, pegar uma garrafa de água, única opção ali. Enquanto ligava o ar-condicionado, ouvi um *plim* vindo do computador e meu coração disparou: ela estava on-line.

Carolina ficou encarando o pedaço de pizza durante vários minutos até decidir deixar ele de lado. As palavras do pai foram duras e já devia ter se acostumado, pois praticamente toda semana ele, ou a mãe, fazia questão de relembrá-la da *Foto*. A vergonha, a humilhação e todo o sofrimento pelo qual passou há cerca de sete meses não foram suficientes: os pais não deixavam o assunto morrer, o que só piorava a tristeza que sentia.

Ela se levantou e apagou a luz do quarto e ficou quieta na cama durante horas, esperando os pais dormirem. Colocou os fones de ouvido e conectou-os ao celular, abrindo a pasta de músicas de Gabriel Moura. Havia semanas que fazia a mesma coisa até os pais irem para o quarto; simplesmente fingia já dormir para não ser incomodada. Ficava deitada, encarando o teto até de madrugada, sentindo aquele vazio dentro do peito que, aos poucos, se transformava em pressão até o ponto em que parecia que tudo ia explodir. Quando isso acontecia, Carolina se obrigava a respirar e inspirar profundamente, tentando se acalmar, e a voz de Gabriel através dos fones ajudava. Ele era seu remédio.

Ao perceber a última movimentação por baixo da porta do cômodo, ela se levantou e esperou que todo o som cessasse. Notou as luzes sendo apagadas no apartamento e aguardou mais alguns minutos, para se certificar de que os pais não sairiam mais do quarto, e acendeu o abajur. Era de madrugada, mas não se importou, não queria dormir. Deixou o notebook ligando e foi para o banheiro. Ao entrar, trancou a porta que dava para o seu quarto e a outra que dava para o quarto de Luciana, para não correr o risco de ser incomodada. Acendeu apenas a luz que havia em cima da pia e ficou na semipenumbra encarando o reflexo no espelho. Era alguém que ela não reconhecia e ao mesmo tempo conhecia muito bem, a Carolina de agora, abatida, sem expressão, com os longos cabelos castanhos escuros caídos no rosto e costas.

Ficou um longo tempo encarando aquela pessoa que já não era mais a garota alegre de alguns anos atrás, que um dia sonhou em fazer Arquitetura e viajar pelo mundo, feliz ao lado da irmã. Tentou chorar, mas não conseguiu, parecia que nada mais podia sair de dentro dela. Carolina se sentou no chão frio, fechou os olhos e perdeu a noção de quantos minutos ficou ali, parada, sem pensar em nada, apenas sentindo aquela agonia familiar que a acompanhava há alguns meses.

Depois de um tempo, quando a angústia se transformou em vazio, ela se levantou, foi até a pia e lavou rosto com água fria até a pele ficar gelada. O rosto doía com o frio, mas a sensação dolorosa a recompensava... era como se isso despertasse algum sentimento dentro dela, tirasse dela algo a mais do que aquele vazio. Voltou para o quarto, sentando-se na cama e conectando os fones ao notebook, com o som de Gabriel chegando aos ouvidos. Encarou o porta-lápis em cima da mesa de estudos, onde havia um estilete, e estremeceu. Seu coração acelerou ao pensar em fazer um corte proposital em si mesma. Era hora de entrar no fórum do Depressivos Anônimos. Uma necessidade urgente de compartilhar seus tormentos surgiu em seu peito e ela ficou feliz ao ver que a fã de Gabriel havia respondido. Quem sabe ela a entenderia?

Não me lembro qual foi a última vez em que fiquei empolgado com alguma coisa. Acho que foi ao terminar de gravar o último álbum. Ou talvez no primeiro show da nova turnê. Todos os shows me animavam, mas o primeiro e o último eram sempre especiais.

Só que o tipo de empolgação que senti quando escutei aquele *plim* foi diferente. Peguei o notebook e me sentei na cama como uma criança na véspera de Natal. Eu ia conversar on-line com uma fã que não sabia quem eu era, poderia falar tudo o que se passava comigo e ninguém jamais descobriria. Era um mundo novo se abrindo para mim, pois ultimamente só falava com Igor e Breno, mas nossas conversas se resumiam a amenidades dos shows.

Vi que ela respondeu que era de São Paulo e por um instante fiquei triste por não ser do Rio, pois durante alguns segundos desejei que fosse da mesma cidade que eu. Já ia falar de onde eu era quando bateu aquela dúvida: e se a menina marcasse de nos encontrarmos em um show? Rio e São Paulo são cidades não muito longe uma da outra, e sei que várias fãs viajam para outros lugares com o objetivo de se encontrarem e assistirem aos meus shows juntas. Decidi mentir e digitei o lugar mais longe que me veio na cabeça.

De: louca_pelo_moura | *Para:* carol_do_moura

De onde é?

Sou de SP e vc?

Sou de Macapá, Amapá

Digite a mensagem:

ENVIAR | Cancelar

Depois que enviei, percebi que não sabia nada sobre Macapá, apenas que era a capital do Amapá, e senti o pânico tomar conta de mim. Sempre fui péssimo em Geografia e, na mesma hora, abri o Google, santo Google, para pesquisar tudo sobre o lugar. Abri várias janelas e comecei a ler sobre a cidade, antes que carol_do_moura fizesse milhões de perguntas a respeito do lugar onde supostamente eu morava. A cada janela aberta, o pavor aumentava, com o suor escorrendo pelo meu corpo, que tremia. Se falasse algo errado, ela descobriria quem eu era e tudo estaria perdido. Precisava rapidamente decorar tudo o que podia.

Em poucos minutos aprendi que Macapá é cortada pela linha do Equador, fica próxima à foz do Rio Amazonas e que não há acesso de carro para quem viaja de outros Estados, apenas avião e barco. Estava procurando o número de habitantes quando percebi que Carol nem se preocupou em perguntar nada da cidade. Só enviou um "*legal*" e foi perguntando como eu estava naquele dia. Respirei aliviado e enxuguei o suor das palmas das mãos no lençol. Respondi "*na mesma*" porque não sabia o que falar e também porque era verdade. Fiquei pensando se mandava um "*e você?*" quando ela começou a enviar várias mensagens.

De: carol_do_moura ▼ | *Para:* louca_pelo_moura ▼

Estou ouvindo as novas músicas do Gabriel. É estranho conversar com alguém. Há tempos não converso com ninguém, só o básico do cotidiano... Ontem foi um dia normal, nem bom, nem ruim. Hoje estava igual, mas a noite foi péssima... Você deve ter visto meu post*... Enfim, o que te deixa triste? O que faz seu dia ser ruim?*

Digite a mensagem:

ENVIAR | Cancelar

Fiquei encarando o cursor piscar ao lado de "*Digite a mensagem*:" sem saber o que responder. O que fazia meu dia ser ruim? Como se responde esta pergunta? Realmente não sabia... Não sei se tinha um dia ruim. Enfrentava dias comuns, dias felizes, dias chatos. Ruim é algo forte. Acho que o último dia ruim que tive foi quando minha mãe foi embora.

E, ao pensar nisso, no dia específico, senti uma enorme tristeza tomando conta de mim. Estava exausto por causa dos shows, viagens e compulsões, cansado física e mentalmente e comecei a chorar ao me lembrar de minha mãe, seus problemas de mudança abrupta de humor, e o quanto ela me afetou. Antes que pensasse em qualquer coisa, já estava digitando.

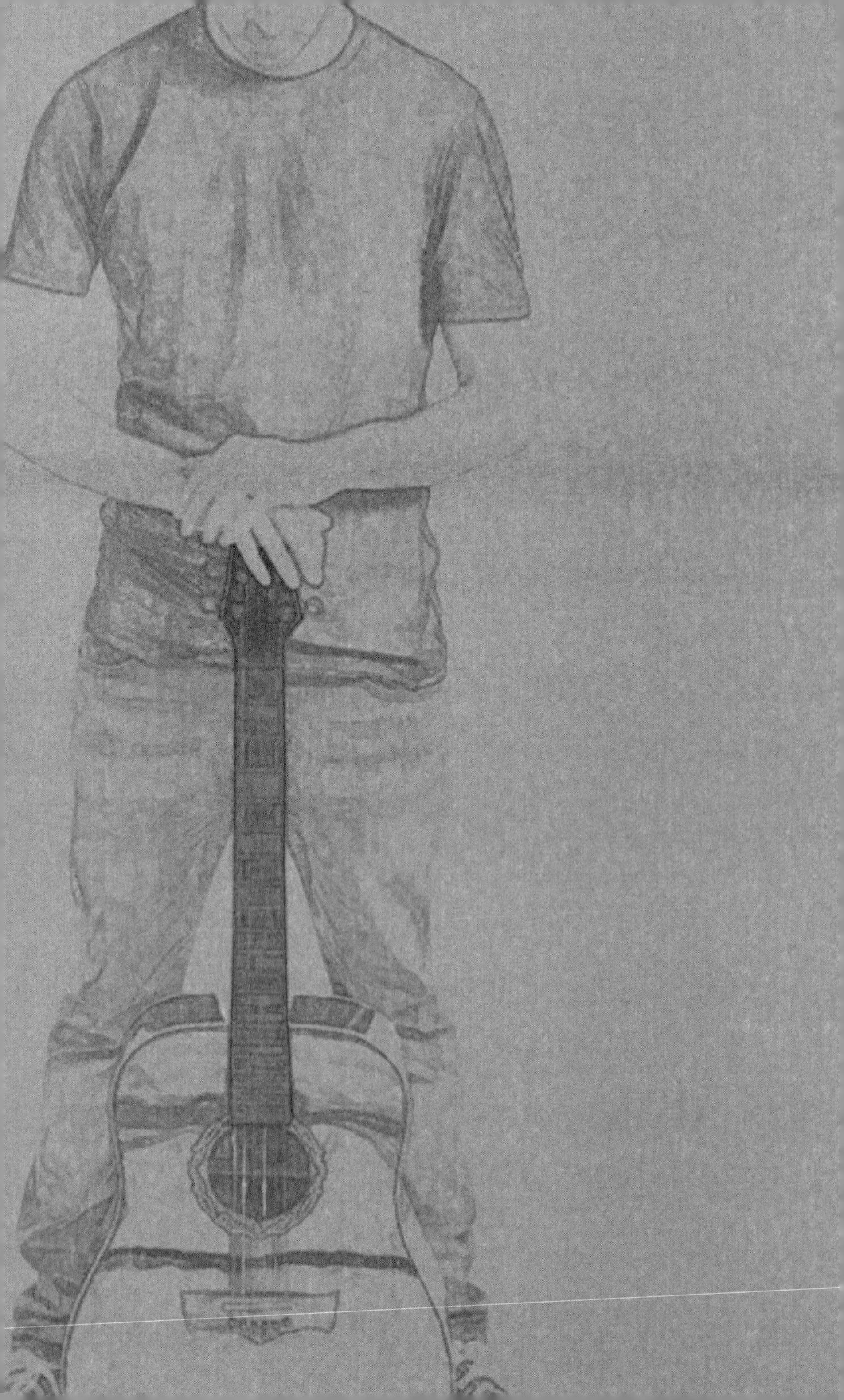

Capítulo 4

"Angie, Angie, quando aquelas nuvens irão desaparecer?
Angie, Angie, aonde isso vai nos levar a partir daqui?"

Angie, Rolling Stones

A tarde de sábado foi um dia normal na casa da família Ramos. Luciana dormiu até tarde, Carolina ficou trancada no quarto, Verônica passou o dia no clube com as amigas e Nélio só saiu do *home office* para almoçar.

No começo da noite, Luciana foi até a cozinha e fez dois sanduíches frios de queijo e peito de peru e levou até o quarto da irmã.

— Ainda não está pronta para a festa da Sabrina? — perguntou ao entrar no quarto de Carolina e encontrá-la na cama, vestindo pijamas e com o notebook no colo.

— Eu tenho mesmo que ir? — Carolina fez uma careta.

— Ela é nossa melhor amiga! — Luciana a repreendeu e entregou o prato com o sanduíche.

— Eu sei. — Carolina fechou o notebook e encarou o prato que a irmã lhe entregara. — Só estou com preguiça.

— Você tem que se esforçar, Carol. Não vai melhorar se não tentar. — Luciana se sentou na cama de frente para a irmã. — Agora come e se arruma.

— Nem sei que roupa colocar. Você está linda e eu pareço um lixo.

— Até parece. Somos praticamente iguais, só muda o cabelo! Anda, come e toma um banho que vai se sentir melhor. Se quiser, pode pegar alguma roupa minha emprestada.

— Acho que nada vai ficar legal em mim — disse Carol, dando uma mordida sem vontade no sanduíche.

— Claro que vai, se fica bem em mim, fica em você também. Só está um pouco mais magra do que eu, mas é porque você mal come.

— É, pode ser.

Luciana encarou a irmã, decidindo se entrava um pouco mais no assunto "mudança" ou não.

— Se está enjoada do visual, por que não corta um pouco o cabelo? Há tempos que usa ele compridão. Não me importo se quiser cortar na altura do ombro, como eu fiz.

Carolina fez uma cara de espanto e Luciana percebeu o medo em seu rosto.

— Não, não. O cabelo precisa ser comprido.

— Eu sei que você quer que ele tampe a tatuagem, mas acho que ninguém mais vai associar. Sua tatuagem é tão linda, devia voltar a exibi-la.

— Não. Nunca. Por favor.

— Ok. — Luciana se levantou, suspirando. — Vou terminar de comer no meu quarto, quando acabar pode usar o banheiro para tomar banho. Você não vai escapar da festa da Sabrina.

É engraçado como funciona essa coisa de ser compulsivo e obssessivo. Começa como algo simples, que você faz automaticamente até que, um dia, percebe que sua vida e a dos outros depende disso. Se deixo um quadro torto, como aconteceu na primeira noite em Porto Alegre, concluo que falhei com todos à minha volta.

É por isso que no sábado, após o almoço, tirei o quadro do armário e o coloquei de volta à parede, gastando vários minutos para deixá-lo alinhado corretamente. Nada naquela noite poderia dar errado. Igor chama de obsessão, Tales uma vez disse que é paranoia. Eu chamo de equilíbrio do universo.

Faria meu segundo show na capital gaúcha e ele precisava ser perfeito para compensar o da noite anterior. Se precisasse ficar três horas alinhando um quadro na parede, eu ficaria. Ainda bem que demorou menos que isso.

Depois de colocar o quadro no seu devido lugar, fiquei encarando aquela pintura feia por um tempo e respirando profundamente. *Nada vai acontecer hoje*, pensava enquanto um borrão marrom e amarelo me encarava de volta. Pintura abstrata que não entendia, mas que afetava minha vida, dos técnicos de som, da banda, dos fãs, de todos que estariam a quilômetros do estádio onde o show aconteceria.

Suspirei e me joguei na cama, como gostava de fazer. Cama de hotel é uma maravilha para se jogar, você cai nela e parece que o edredom, o lençol barulhento, o colchão e os travesseiros te abraçam de volta.

Fiquei ali vegetando e pensando na conversa que tive de madrugada com a carol_do_moura. Ela era realmente ferrada. Sempre acreditei que quando as pessoas entravam na universidade só queriam saber de festas e curtição, mas percebi que havia gente que preferia ficar enfurnada no quarto se sentindo mal, sofrendo e sozinha. Onde estavam os pais dessas pessoas que não notavam o que acontecia debaixo do teto deles? Se eu ficasse um dia inteiro no quarto, sem dar as caras na sala, meu pai ou Igor já batiam na porta perguntando o que estava acontecendo. Eles marcavam em cima e sempre achei isso um saco, mas depois de conversar com Carol, comecei a perceber que talvez devesse agradecer. A preocupação e constante vigilância deles impediam que eu chegasse ao fundo do poço.

Fiquei pensando também que talvez minha depressão não fosse bem uma depressão, apenas um estado de tristeza normal que as pessoas enfrentam durante fases de suas vidas. Depressão mesmo era o que a carol_do_moura estava passando. Pelo menos parecia que a irmã tentava conversar, embora ela não desse papo.

Ok, eu tinha minhas obsessões, mas elas estavam melhorando. Não lavava a mão a cada vinte minutos, como antes, já conseguia cumprimentar alguém com aperto de mão sem ter vontade de correr para o banheiro na mesma hora para me desinfetar. Óbvio que ainda carregava álcool gel quando saía com a mochila em viagens, mas não usava mais com tanta frequência e isso era um avanço. Tudo bem, precisava melhorar o lance do quadro e outras coisas, mas uma compulsão por vez.

Depois que contei sobre minha mãe para minha fã depressiva, li o relato que ela postou no tópico que abrira sobre automutilação. Uma pessoa escreveu que já se cortou e que sentiu um alívio na hora, mas depois ficou se sentindo ainda pior ao ver a cicatriz em seu corpo. Carol respondeu que desistiu de se machucar e fiquei feliz por ela, refletindo sobre aquilo, em como alguém pode sentir um alívio na dor. Quando corto meu dedo no papel só falto xingar até a última encarnação, e toda vez que vou fazer exame de sangue minha pressão baixa. Imagine me cortar de propósito para ver o sangue saindo do corpo? Preferia ser obsessivo com qualquer coisa a ficar viciado em me cortar. Nos últimos meses, não via mais sentido em fazer algo porque outra pessoa estava fazendo, já bastava meu TOC por culpa da minha mãe, ou minha overdose por seguir a oferta do Tales.

Antes de começar a gravar o novo álbum, decidi que precisava parar de seguir os outros, ou então enlouqueceria com tantas perturbações. Era algo que não entendia: como uma pessoa pode recorrer à dor proposital para se sentir viva?

Fiquei me perguntando quantas pessoas faziam o mesmo a portas fechadas e o resto do mundo nem sonhava.

A primeira vez que Sabrina entrou na sala de aula de Luciana e Carolina, as três se encararam e a garota falou:

— Vocês são parecidas, mas não são iguais.

Elas tinham doze anos e nunca mais se separaram, tanto que decidiram cursar a mesma faculdade para estarem sempre juntas. O curso de Luciana era diferente do das meninas, mas elas se encontravam todos os dias para almoçar.

Luciana e Carolina detestavam perguntas sobre o fato de serem gêmeas, e Sabrina era uma das poucas pessoas que nunca fez nada disso. Nem as infames piadinhas, que todos faziam pensando serem originais, mas estavam sendo repetitivos e sem graça, como "*quem é a gêmea boa e quem é a má?*", "*já trocaram de namorado sem eles saberem?*" ou "*se eu fosse gêmeo, ia aprontar muito!*". As duas riam por educação, mas não aguentavam mais. Até Sabrina chegar e começar a jogar na cara dos piadistas que não tinha graça, ou responder as perguntas com sarcasmo e ironia. Aos poucos, as pessoas pararam de encher as gêmeas.

Por isso, Carolina se esforçou naquela noite de sábado para que a amiga tivesse um aniversário tranquilo. Ela comemorava dezoito anos e os pais decidiram alugar uma casa de festas para a ocasião. Não foi nada muito grandioso, apenas um espaço para que os amigos confraternizassem e se divertissem. E parecia que todos estavam no clima, menos ela.

Ocupando uma das mesas do jardim, ela observava os amigos dançando ao longe, na pista improvisada sob luzes piscantes. Não entendia como as pessoas conseguiam seguir adiante, como eram felizes e despreocupadas. Tinha a convicção de que se Luciana ou Sabrina estivessem em seu lugar, tirariam de letra o que aconteceu e estariam no meio da pista, dançando sem se importar com nada. Já ela precisava fingir interesse, mas era difícil. Queria estar alegre, se divertindo, mas assim como a vontade chegava, ela ia embora na mesma hora. O que realmente desejava era sair correndo, ir embora para casa e se enfiar na cama, embaixo das cobertas.

Checava o celular a cada cinco minutos, para ver se alguém havia respondido o *post* do fórum. Na noite anterior, permaneceu um longo tempo conversando com a menina de Macapá sobre automutilação e ela tentou diversas vezes fazer sua cabeça para não se cortar, e pareceu ficar mais tranquila quando Carolina deixou claro que não iria recorrer a isso. Apesar de falarem pouco, ela sentiu uma empatia com a garota. Ambas passavam por uma situação difícil, e pelo menos a mãe de Carolina não estava internada com problemas.

No bar, Douglas pegava uma água quando sentiu mãos em sua cintura. Ele se virou e encontrou Luciana o encarando.

— Quer água? — perguntou. Ela negou com a cabeça.

— Quero um beijo.

Ele sorriu e beijou a namorada, puxando o corpo dela para perto do seu.

— Mais algum pedido?

— Quero dançar a noite toda.

— Por que não chama sua irmã? — Ele indicou Carolina com a cabeça.

— Quero dançar com meu namorado. — Luciana fez beicinho e se virou para a direção que ele mostrou. — Não vai começar a implicar, né? Pelo menos ela veio.

— Eu não implico, você sabe. Só não gosto de ver Carolzinha isolada.

— Também não, mas deixa ela quieta. Venho tentando conversar aos poucos e acho que talvez isso ajude.

Douglas pegou o copo de água que o *barman* serviu e bebeu de uma vez. Abraçou a namorada, que envolveu seu pescoço, e encostou a testa na dela.

— Sabe, eu pesquisei algumas coisas na internet.

Ela afastou o rosto e arqueou a sobrancelha.

— Pesquisou o quê?

— Algumas coisas sobre depressão. — Ele levantou os ombros, tentando não parecer culpado e Luciana virou os olhos. — É sério, me escuta.

— Ela não tem depressão — respondeu Luciana, sem sentir firmeza em sua afirmação. Às vezes, pensava sobre o assunto, se Carolina estaria entrando em um estado de depressão profunda, mas tentava se manter otimista. — Pelo menos eu acho que não.

— Vamos ficar de olho, mas não custa nada pesquisar melhor para saber mais sobre a doença. Não é legal sua irmã ficar o tempo todo sozinha em seu próprio mundinho. Isso não faz bem.

Luciana tirou os braços do pescoço de Douglas e olhou novamente para a irmã, sentada com o celular nas mãos.

— Bem, ela não está mais só — disse Luciana, sorrindo.

Rafael havia puxado uma cadeira e colocado ao lado de Carolina.

Quando percebeu que alguém havia se aproximado e colocado uma cadeira quase encostada à sua, Carolina tentou não entrar em pânico. Ela fechou os olhos, respirou profundamente e encontrou Rafael sorridente ao seu lado.

— Posso saber o que há de tão interessante no seu celular para perder um festão desses? — perguntou ele, e, na mesma hora, Carolina desligou o aparelho.

— Nada — disse ela, tentando não deixar a voz tremer.

— Desculpe, não me interessa. Se for algo particular, posso te deixar sozinha.

Ela ia falar que sim, que fosse embora e a deixasse só, mas desistiu. Apenas o olhou com mais atenção, percebendo o cabelo preto curto, o rosto firme e o sorriso de derreter corações, menos o dela. Carolina não era burra e sabia que Rafael tinha uma queda por ela, e se sentia mal por não retribuir. Desde a *Foto* que não voltou a se interessar por mais ninguém; há quase oito meses não beijava um garoto.

— Não é nada. — Ela deu de ombros e olhou os jovens dançando.

— Quer dançar?

— Não! — Quase gritou e Rafael riu.

— Sem problemas, também não curto dançar. Ficar todo suado, dolorido. Prefiro ficar sentado, observando os outros, batendo papo com uma garota legal.

Ele pôs o braço no encosto da cadeira dela, ficando mais próximo. Carolina não disse nada, o que a deixou mal. Por que seu coração não batia forte por estar ao lado dele, ao sentir seu perfume? Rafael não era lindo de morrer, mas também não era feio. Era um cara normal, bronzeado de praia e de sorriso fácil. Aquela pessoa que todos gostavam de ter como amigo.

— Rafa, desculpa, eu...

— Tudo bem, eu sei que você não sente nada por mim. É que te vi aqui sozinha e pensei que não havia mal em conversar, apenas isso. Mas posso sair, se quiser.

Carolina se sentiu ainda pior com as palavras dele.

— Não, fique. Não tem problema, é bom conversar com alguém.

Ela o encarou, imaginando como a irmã agiria se estivesse triste. Provavelmente faria de tudo para mudar a situação. Carolina percebeu que precisava tentar também, não queria ficar apenas sentindo-se mal, e decidiu que talvez pudesse dar uma chance a ele. Talvez Rafael a entendesse, compreendesse seus problemas. Quem sabe ele não a ajudaria? A faria voltar a ser o que era? Ela queria ser novamente a Carolina de um ano atrás. Talvez ele pudesse fazer seu coração voltar a bater rápido, sua respiração falhar e as pernas bambearem.

Lutando muito contra tudo o que sentia, Carolina criou coragem e pegou uma das mãos de Rafael, entrelaçando os dedos nos dele. Forçou um sorriso e ele retribuiu, um pouco espantado. Ficaram se encarando durante alguns instantes até Rafael aproximar o rosto do dela e tocar levemente seus lábios.

O beijo começou devagar e foi acelerando aos poucos, mas o coração de Carolina continuou batendo de forma normal. Não houve respiração falhada, não houve estouros de fogos de artifício. Nenhum frio subiu pela espinha e seu corpo não ficou arrepiado.

Como já esperava, o segundo show em Porto Alegre foi um sucesso. Tudo correu bem e, embora tentasse acreditar que não foi por causa do quadro, não pude deixar de dar algum crédito a ele. O universo precisa estar bem equilibrado para funcionar. Só esperava que Igor não percebesse que o quadro estava arrumado.

— Por que não vai ao terraço conversar com os caras? — Foi a pergunta que ele fez quando ligou para o meu quarto, logo que voltamos do estádio, antes mesmo que eu conseguisse tomar um banho.

— Quem disse que não estou lá?

— Engraçadinho. Vai lá.

— Está frio.

— É para isso que servem os casacos. — Ele desligou e fiquei ruminando suas palavras.

Estava tarde, mas sempre após os shows a galera da banda ficava pelas dependências dos hotéis, à toa e conversando. Nunca participei desse tipo de confraternização. Breno me contava que quase sempre havia fãs pegando autógrafo ou tirando foto com alguém.

Liguei o notebook, mas minha fã depressiva Carol não estava on-line e pensei: *por que não*? Não estava fazendo nada mesmo. Decidi dar uma volta pelo hotel e ver a galera.

Assim que saí do elevador no terraço, quase dei meia volta por dois motivos: 1) estava frio demais, 2) DoisxDois arregalou os olhos como se tivesse visto um fantasma. Eu sorri e me aproximei dele.

— Deu formiga na cama? — perguntou ele, rindo.

— Ordens do General.

Ele deu uma gargalhada alta, MUITO ALTA, chamando atenção de todos no terraço. Não havia muita gente, só mesmo o pessoal da banda e duas fãs, que deram gritinhos ao me ver. Elas se aproximaram e pediram fotos e autógrafos. Depois de várias *selfies*, abraços e perguntas respondidas, pedi licença e me afastei, deixando as duas felizes e satisfeitas.

Fui dando um oi para todos da banda, que pareciam constrangidos em me ver ali, no reduto deles, até encontrar Breno mexendo no celular, sentado em um sofá em uma das extremidades do terraço, próximo à piscina. Ventava muito onde ele estava, mas me sentei ao seu lado.

— E aí, cara, resolveu sair da toca? — perguntou ele, sem tirar os olhos do celular.

— Por que todo mundo se espanta com a minha presença? — perguntei, um pouco chateado.

— Hum, deixe-me ver? Será que é porque você nunca sai do quarto?

Ia dar uma resposta atravessada, mas me lembrei de Carol. Será que eu realmente era depressivo e por isso ficava sempre fechado no quarto do hotel?

— É que chego cansado dos shows — disse, em parte mentindo, em parte falando a verdade.

— Tô só zoando. — Ele continuou mexendo no celular e eu não tinha assunto para puxar.

— O que é isso? — perguntei, olhando a tela.

— Ah, é um joguinho muito legal chamado *Fruit Ninja*. Você fica cortando as frutas que aparecem.

— Cortando fruta?

— É, olha só. — Ele me entregou o celular e mostrou como faz. — Elas ficam surgindo e você vai cortando.

— Ok, e o que você ganha?

— Pontos.

— Para...?

Breno me encarou como se eu tivesse feito uma pergunta idiota. Talvez até fosse, mas pensei que ficar cortando frutas imaginárias no celular também não era nada construtivo.

— Para nada. — Ele deu de ombros. — É só um jogo.

— Ah. — Joguei um pouco, mas não vi graça naquilo, ainda bem. Só faltava inventar uma nova compulsão de ficar cortando frutas no celular. Passei o aparelho de volta para Breno, que tornou a ficar concentrado na tela. Depois de um tempo, eu me levantei.

— Vou dormir.

— Até, cara.

Dei um tchau para todos e fui para o quarto. Igor podia me encher à vontade, mas não ia mais confraternizar com ninguém. A melhor coisa era deixar todos à vontade, fazendo o que quisessem depois dos shows enquanto eu ficava no quarto, no computador ou alinhando quadros.

Peguei o notebook e vi que carol_do_moura finalmente estava on-line. Mandei um oi, que ela respondeu, e perguntei o que havia de novo. Quase me arrependi.

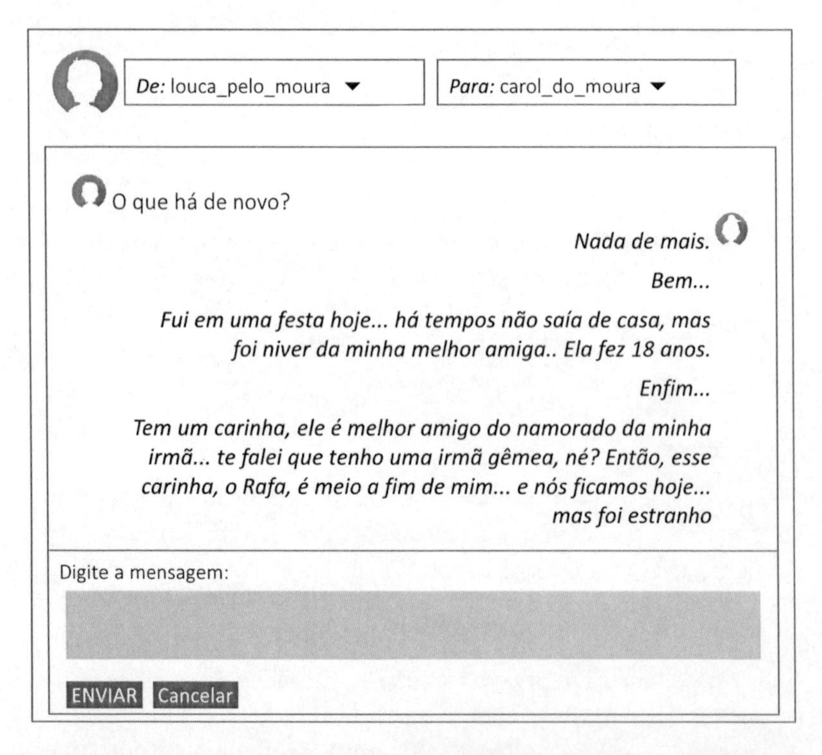

Eu sei que soava esquisito, nunca vi a menina, mas senti um pouco de ciúme quando ela contou que ficou com um cara. Deveria ter ficado feliz por ela, talvez isso a fizesse melhorar, mas percebi que não queria que alguém a ajudasse, esta era a minha missão. Eu é que precisava ajudá-la. Desde que conversamos, senti um certo protecionismo em relação a ela e queria muito, muito que minhas músicas fossem a sua cura, não um Rafa qualquer.

Mas eu era mais uma fã do Gabriel Moura que morava em Macapá, tinha depressão e devia tentar me sentir feliz pela minha companheira de tristezas. Então enviei um *"estranho como? Espero que tenha te ajudado"*, mesmo torcendo pelo contrário. Meu Deus, eu era um monstro que encontrara uma nova obsessão.

Quando Carol enviou a resposta, meu coração acelerou: *"não, mas não piorou. Não senti nada"*, sorri por dentro e por fora. E logo depois gelei quando ela enviou outra mensagem: "*Preciso confessar uma coisa. Eu menti sobre onde moro*". Meu coração acelerou ainda mais e a palma da minha mão ficou molhada de suor. Pronto, ela ia falar que morava em Macapá também, ou alguma cidade próxima, e queria me encontrar. Quais eram as chances?

Abri o Google Maps e comecei a procurar um lugar que ficasse o mais longe possível do Amapá, alguma cidade ali no Rio Grande Sul, de preferência na fronteira com a Argentina. Ia falar que também menti e que na verdade morava no outro extremo do país.

Comecei a respirar devagar para desacelerar meu coração, sabendo que precisava encontrar uma cidade o mais rápido possível, quando escutei um *plim* e mudei a aba da janela. Ela havia enviado outra mensagem, talvez porque não respondi nada. Fiquei piscando várias vezes até a vista desembaçar do nervosismo para ler "*moro no Rio de Janeiro, capital*".

Para minha surpresa, quase enfartei de alegria.

Capítulo 5

"Eu deixei as pessoas certas de fora
E deixei as pessoas erradas entrarem
Tendo um anjo de misericórdia
para me ver através dos meus pecados"

Amazing, Aerosmith

No mundo das celebridades há muita especulação e boatos. Você diz uma coisa em uma entrevista e aquilo passa a valer até o final dos tempos. Uma vez, durante um bate-papo com os fãs em uma rede social, alguém perguntou qual a cor da minha escova de dentes. Respondi azul porque não lembrava qual a cor da escova que estava usando no momento. Como azul é minha cor favorita, esta é sempre a minha resposta no que se refere a cores. Ao voltar para casa, verifiquei que a escova que usava era verde. Isso faz anos, já troquei de escova de dentes várias vezes, mas em todos os meus perfis em sites de fãs diz que a que uso é azul.

Não sei o motivo de me lembrar disso durante minha conversa com Carol. Talvez porque ela comentou algumas coisas de fã comigo. Descobri que ela tinha dezoito anos e cursava o primeiro período de Arquitetura na mesma faculdade do Breno, a Universidade da Guanabara. Ele estudava música lá há três anos e agradeci a informação, pois teria assunto com ele da próxima vez em que o encontrasse, assim não precisava ficar cortando fruta no celular.

Carol contou que ela e sua irmã gêmea sempre iam aos meus shows no Rio. "*É um dos momentos em que me sinto realmente feliz, conectada a algo*", foi o que disse, e meu corpo se encheu de uma súbita calma seguida por uma enorme agitação. Eu estava no caminho para curar minha fã e senti que a obsessão crescia ainda mais dentro de mim, trazendo pensamentos desagradáveis novamente. Se eu não a curasse, algo muito ruim ia acontecer, porque essa era a lógica: algo ruim SEMPRE acontece.

Tentei descobrir o motivo de sua depressão, mas isso ela manteve para si mesma. Pelo menos por enquanto. Tudo bem, o que eu mais tinha era tempo, aos poucos ia conhecendo a menina triste por trás daquela tela de computador e minha imaginação já viajava. Como ela seria pessoalmente?

Não havia como procurar em nenhuma rede social, pois ela disse que excluiu todas as contas quando saiu do colégio, antes de entrar na universidade, no começo do ano anterior. Fingi que também não usava rede social, pois meu pai fictício não deixava. Pintei um retrato dele como um carrasco que monitorava a filha o tempo todo, mas precisava tornar minha personagem um pouco autêntica, já que hoje em dia todo jovem está nas redes sociais. Eu não tinha por causa do meu pai controlador, mas esperava ter depois que conseguisse entrar na Universidade Federal do Amapá, onde desejava cursar Ciências Ambientais (obrigado, Google).

Fiz algumas perguntas sobre meus shows, como toda fã que nunca foi em um faria, e se ela já havia conversado com Breno na faculdade, afinal, o tecladista do Gabriel Moura estudava no mesmo lugar que ela e imaginei que seria algo que uma outra fã perguntaria. "*Ele está sempre rodeado de garotas, nunca me aproximei. Não tenho o que falar com ele também, somos de cursos diferentes"*, foi a resposta dela. Decidi que precisava agir e fazer Breno descobrir quem ela era.

Depois de trocar várias amenidades, senti que a conversa estava morrendo e resolvi arriscar. Desde que lera o *post* dela, estava curioso para saber mais sobre automutilação. Na conversa anterior, eu insisti para que ela não se cortasse e ela prometeu que não faria, mas ainda assim eu estava receoso.

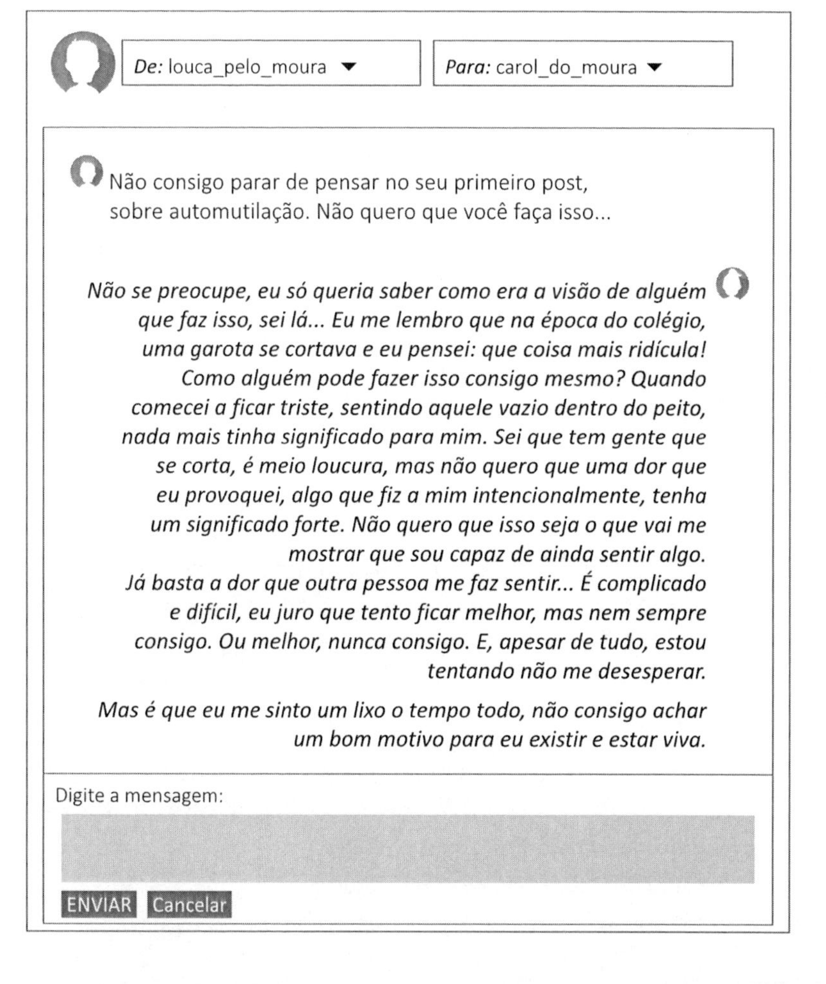

O que falar depois de ler isso? O que fizeram a ela? Como uma pessoa pode se achar um lixo? Não fazia sentido para mim alguém se cortar para sentir algo. Ainda bem que ela tinha a consciência de que não era legal fazer isso com o próprio corpo.

Tentei mais uma vez descobrir o motivo pelo qual ela entrou em depressão, mas Carol desconversou e decidi não pressionar. Na hora certa, ela falará.

Fiquei pensando em tudo o que escreveu. Era um mistério para mim as pessoas se cortarem e decidi pesquisar sobre o assunto, mas parei no segundo site que abri ao ver que era mais comum do que eu pensava. Muita gente recorria a isso e depois sofria calado, guardando no corpo para o resto da vida as cicatrizes como um lembrete de um tempo difícil. Mesmo não achando isso legal, não queria julgar essas pessoas, afinal, eu tinha minhas neuroses. Ao menos elas não deixavam marcas profundas em minha pele. Ainda via isso como uma alternativa muito extrema a se recorrer, pois acredito que, por pior que a vida esteja, há sempre algo melhor do que se machucar de propósito.

Para suavizar a conversa, voltei a perguntar sobre os shows a que ela e a irmã assistiram, mas na minha cabeça a única coisa que prevalecia era o fato de Carol se achar um lixo.

A lanchonete da Dona Eulália é um dos locais mais movimentados da Universidade da Guanabara. Nas mesas que ocupam o espaço que fica entre os prédios de Direito e Engenharia Civil, estudantes passavam o tempo conversando, fazendo algum lanche ou estudando para as próximas provas.

Todos pareciam felizes e encaixados no contexto da vida universitária e, às vezes, Carolina queria fazer parte disso. Ela costumava ir ao lugar sempre que tinha um tempo livre, para ficar em uma mesa afastada, ouvindo música e rabiscando em seu caderno de anotações. Mas nem todos os dias ficava sozinha, principalmente na hora do almoço.

Naquela segunda, seus amigos estavam com ela, comentando sobre o que aconteceu na festa de Sabrina.

— Quem era aquela menina que o Otavinho ficou? — perguntou Luciana.

— Minha prima. Acredita que os dois saíram juntos ontem? — respondeu Sabrina.

Ela olhou para Carolina, que mexia no celular e apontou o queixo na direção da amiga. Luciana balançou a cabeça, percebendo que Sabrina queria saber sobre Rafael. Ao seu lado, Douglas se remexeu, mas permaneceu calado.

Luciana até tentou arrancar alguma informação da irmã no domingo, sem sucesso. O namorado também perguntou várias vezes sobre o acontecimento de sábado, depois que Rafael enviou diversas mensagens pelo celular, mas Carolina não comentou nada e Luciana achou melhor deixar o assunto quieto. Por experiência própria, sabia que pressão nunca funcionava com a irmã.

— E aí, galera? — cumprimentou Júlio, se sentando ao lado de Sabrina. — Todos de ressaca da festa?

— Eu nem bebi — respondeu Douglas.

— E aí, Carol? — disse Júlio, provocando a menina, que levantou os olhos do celular. — Olha o seu namorado vindo ali.

Carolina virou a cabeça para trás e viu Rafael se aproximando da mesa. Ela se levantou de uma vez e pegou a bolsa. Às vezes, Júlio era muito inconveniente.

— Que babaquice — disse ela, saindo apressadamente.

— Sem comentários — disse Sabrina, olhando Júlio.

Luciana ameaçou se levantar, mas Sabrina a impediu.

— Deixa que eu vou, foi meu namorado que a irritou.

Luciana olhou Douglas, que concordou, e Sabrina foi atrás da amiga.

— O que eu fiz? — comentou Júlio.

— Você ainda pergunta? — respondeu Luciana. — Não perde a chance de ficar calado.

Júlio olhou os amigos, que o encaravam com o semblante fechado.

— Eu, hein, não fiz nada — disse ele, dando de ombros, se levantando e seguindo Sabrina.

— O que aconteceu? — perguntou Rafael, parando em frente aos amigos.

— Nada. Coisas do Júlio — respondeu Douglas.

Ao entrar em um dos banheiros do prédio de Direito, Carolina agradeceu por não haver ninguém ali. Ela jogou a bolsa em cima da bancada da pia e encarou seu reflexo no espelho.

Sentia uma pressão no peito e ficou trabalhando a respiração: inspira, expira, inspira, expira. A tentativa de se acalmar estava dando certo até Sabrina entrar. As duas ficaram se olhando pelo espelho e Sabrina passou a mão nos cabelos da amiga.

— Desculpa o Júlio. Ele é assim mesmo.

Carolina fechou os olhos e deu um longo suspiro. Depois de um tempo, ela se virou para Sabrina, contendo as lágrimas.

— Ele é um idiota.

— Sim. Mas eu amo esse idiota — disse Sabrina, tentando amenizar o clima ruim provocado por Júlio.

— Eu sei e é por isso que tolero essas brincadeiras sem graça dele.

— Ele não faz de propósito. É que o Júlio não entende o motivo de você ser assim e ficar quase o tempo todo quieta.

Carolina sentiu a pressão voltar ao peito e procurou controlar o pavor na voz.

— Não conta para ele!

— Claro que não! Não vou fazer isso, só estou tentando explicar. Ele não sabe de nada, por isso fala essas coisas, porque acha que não tem uma razão específica para você ser mais fechada, mais calada.

— Não é da conta dele. Júlio tem que me respeitar como eu sou.

Carolina balançou a cabeça. O grande problema das pessoas era esse: nunca achavam que havia alguma coisa errada com os outros, mas só quem estava passando por uma situação difícil é que sabia a exata dimensão, e a quantidade de dor que aquilo causava.

— Eu juro que estou sempre tentando fazer com que entenda que não é da conta dele, mas você o conhece — comentou Sabrina.

— Não interessa.

— Sim, eu sei. — O silêncio no banheiro começou a ficar desconfortável e Sabrina baixou os olhos, um pouco envergonhada pela atitude infantil do namorado. — Quem sabe ele entende se eu falar que você teve problemas no colégio ou algo parecido.

O peito de Carolina apertou tanto que ela pensou que ia explodir. O medo voltou a dominá-la.

— Não, nunca fale nada para o Júlio — disse e pegou a bolsa em cima da pia, saindo do banheiro sem dar tempo de Sabrina fazer qualquer outro comentário.

Após ficar quase três dias no frio de Porto Alegre, foi bom chegar a Salvador e encontrar a cidade com um clima agradável. Embora fosse inverno, o sol esquentava as ruas e os casacos podiam ficar guardados nas malas.

Estávamos lá desde domingo, mas como o show seria apenas na quarta-feira, minha banda aproveitou a folga para turistar pela cidade. E eu aproveitei o que faço de melhor: as acomodações aconchegantes dos quartos em que me hospedo. Mas antes tive tardes intensas na segunda e terça, com entrevistas para rádios, jornais e TVs locais, sempre acompanhado por Igor e DoisxDois.

Ao voltar para o hotel no final da tarde de terça, fiquei um tempo na porta conversando com os fãs que acampavam ali. Sempre me surpreendi com as pessoas que deixavam o conforto do lar para passar horas na porta de um hotel, tentando uma foto com seu ídolo. O mínimo que podia fazer era retribuir o carinho, por isso dei vários autógrafos e tirei *selfies*. Eu gostava desse contato com meus fãs. Igor me observava um pouco afastado, ficando sem graça quando alguém pedia uma foto a ele. DoisxDois estava ao meu lado para evitar qualquer excesso de um fã mais ousado, o que raramente acontecia. Ele ganhara o respeito e o coração de quem curtia minhas músicas, e até as garotas mais histéricas se comportavam um pouco melhor na sua presença.

Quando ia entrar no hall, três adolescentes com cerca de uns quinze anos se aproximaram, segurando travesseiros, e sorri. É engraçado como uma pequena coisa se transforma em uma grande marca, como quando fui fotografado alguns anos atrás saindo no portão de desembarque de um aeroporto segurando meu travesseiro. Começou a especulação e não sei como ficou a ideia de que era superstição, um amuleto para meus shows.

A verdade é que não consigo me adaptar a quase nenhum travesseiro de hotel. A maioria é alta e meu pescoço dói. Um dia, conversando sobre isso com minha mãe, ela sugeriu que eu começasse a levar meu travesseiro e foi o que fiz, ainda mais quando ela comentou que se meu pescoço estivesse doendo, não conseguiria fazer os shows. O que eu menos precisava era mais uma obsessão para me apegar.

E em pouco tempo uma grande rede de lojas de roupas para cama, mesa e banho decidiu lançar o "*Travesseiro do Moura*". O produto foi um sucesso de vendas e deixei meus fãs achando que realmente era uma superstição. Talvez, lá no fundo, fosse mesmo.

Autografei os travesseiros e fui com Igor e DoisxDois para o bar da piscina do hotel. A vista era perfeita, dando para a praia, de onde podíamos ver o sol se pondo no horizonte, aquela bola amarela se perdendo atrás do mar azul.

Enquanto esperávamos a comida, DoisxDois foi até seu quarto se trocar e, na volta, caiu na piscina. Eu e Igor ficamos olhando, sem muito ânimo, aquele homem gigante nadando de um lado para o outro como se fosse criança. Ambos pensávamos na quantidade de germes que devia haver ali.

— Você sabe que eles colocam uma boa dose de cloro na água, para não dar problemas para as pessoas, certo? — disse Igor.

— Sim, mas não estou com vontade — comentei.

Igor ficou calado e sei que, apesar de ele não ter ficado cheio de neuras como eu por causa de nossa mãe, alguma coisa ela conseguiu colocar em sua cabeça.

— Também não estou com vontade — disse ele, mas notei que estava sim porque suava, apesar do vento fresco. — Vai para o quarto depois?

Não sei se a intenção da pergunta era fazer mais recriminações, apesar de já ter feito muitas ao longo da viagem. Não havia motivo para mentir, ele sabia que eu me enfiaria no quarto e só sairia no dia seguinte para o show. Concordei com a cabeça e ele ficou calado. Acho que chegou à conclusão de que já usara toda a sua cota de críticas durante o mês da turnê.

Quando a comida foi servida, o celular de Igor apitou e percebi que ficou sem graça ao ler a mensagem. Decidi provocar um pouco, pois sabia que apenas uma pessoa desestabilizava meu irmão desse jeito.

— Mensagem da Emanuele?

— Não enche — respondeu ele, se levantando e se afastando, me deixando rindo sozinho.

A melhor invenção da Bahia é o acarajé.

Depois de comer quase uma tonelada deles e sentir meu estômago pesado, resolvi ir para o quarto. Precisava de um pouco de loucuras da Carol, já sentia falta da nossa conversa. Definitivamente ela se transformou na minha nova obsessão e queria muito ajudá-la. Virou uma compulsão, sentia que precisava curar aquela minha fã. Era meu dever, minha obrigação e eu aguardava ansiosamente pelas nossas conversas.

Eu me joguei na cama e fiquei ali deitado, meu olhar oscilando entre o teto e o computador. Demorou um pouco para Carol entrar no fórum e fiquei feliz quando ela respondeu meu oi. Não a conhecia pessoalmente, não fazia ideia de como era, mas uma simples janela de chat se abrindo e um singelo oi já faziam meu corpo tremer.

Decidi não perguntar como estava. A menina nunca estava bem mesmo, então não iria piorar sua situação. Meu estômago pesava de tanta pimenta baiana e aquela noite seria apenas de amenidades. Conversaria só sobre a paixão das duas meninas: uma do Rio e outra de Macapá. O assunto giraria em torno de Gabriel Moura e suas músicas. Podia até ser meu ego falando mais forte, mas era interessante saber o que uma fã realmente pensava de minhas músicas e achei melhor ir por aí.

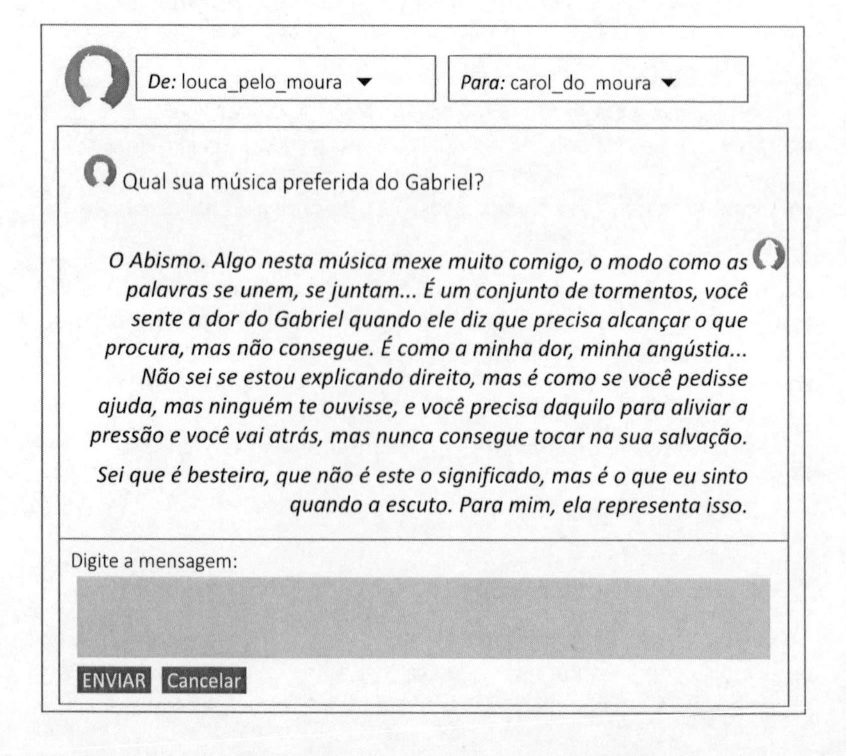

A resposta de Carolina me surpreendeu. A maior parte dos meus fãs elegia *Minha Louca Obsessão* como a música preferida do último álbum, talvez por ser a mais animada. Para mim, nada substitui *O Abismo*, era de longe a música mais perfeita que eu havia composto, apesar de ser a mais depressiva. Foi a primeira canção que escrevi após a minha overdose, e a letra surgiu na minha cabeça quando meu pai perguntou o motivo de eu ter feito aquilo, de ter bebido e cheirado a noite toda. Eu pensei muito a respeito: sobre minha tristeza, minha mãe internada, Tales não estando mais ali para me fazer rir e ajudar nas composições que criava. A canção surgiu do nada e se tornou tudo para mim.

Mas os fãs pensavam que se tratava de uma música romântica, onde o objetivo era alcançar o amor de uma pessoa. E, pela primeira vez, vi uma descrição real, vinda de um desconhecido, do que se passava dentro de mim quando escrevi *O Abismo*.

Encontrar alguém que entendia o que eu sentia fez meu mundo ser normal de novo.

Capítulo 6

"Sem amor em nossas almas e sem
dinheiro em nossos casacos
Você não pode dizer que estamos satisfeitos
Mas Angie, Angie, você não pode dizer que nunca tentamos"

Angie, Rolling Stones

A primeira vez em que postei um vídeo na internet foi algo estranho, mas ao mesmo tempo mágico. Eu tocava e cantava desde criança, mas apenas para meus pais e Igor. Até o dia em que minha mãe começou a me incentivar a tornar públicas minhas músicas. Ela acreditava que eu seria um sucesso, eu jurava que minhas composições eram bobas. Mas Igor entrou no meio e se prontificou a gravar um vídeo, e lá fomos nós três para a praia fazer algumas tomadas. O resto seria preenchido por pinturas que minha avó fazia, e que ocupavam as paredes do pequeno apartamento em que morávamos na época.

Assim foi meu primeiro clipe, aos dezesseis anos, a coisa mais tosca e maravilhosa do mundo: imagens da praia, eu dublando minha própria voz e as pinturas da minha avó, tudo se alternando em uma confusão de som, cores e agitação. Os primeiros comentários foram positivos e nunca me senti tão exposto na vida. E feliz. É incrível como o reconhecimento do seu próprio trabalho traz gratificação.

Foi o primeiro de muitos. Passamos a fazer os clipes com mais profissionalismo e logo surgiram convites para shows. Desde o início colocava minhas músicas on-line para as pessoas baixarem e curtirem. A grana mesmo vinha dos shows, dos produtos que vendíamos na lojinha do meu site e dos contratos publicitários que começaram a aparecer. Em pouco tempo, nos mudamos para uma grande casa em um condomínio entre a Barra da Tijuca e o Recreio dos Bandeirantes, levando os quadros de minha avó e os problemas de minha mãe, que começaram a ficar mais sérios, me arrastando junto.

Quando fui planejar o primeiro show, minha mãe deu ideia de eu fazer um cover de alguma banda. Para homenageá-la, decidi cantar *Angie*, dos Rolling Stones, sua música favorita. Os fãs adoraram a mistura do rock clássico com o meu estilo e, para a segunda turnê, quando estava com dezenove anos, optei por *I Wanna Hold Your Hand*, dos Beatles. O ritmo da música é contagiante; difícil ficar parado quando começa a tocar, e a intenção era fazer todos nos shows se agitarem e cantarem juntos.

Já na atual turnê, resolvi dar um presente a mim e a meus fãs e compartilhar minha canção favorita: *Amazing*, do Aerosmith, minha banda preferida. Desde que me entendo por gente que amo a música e sei a letra de trás para a frente. Quando era mais novo, não entendia direito seu significado, mas a melodia e a voz contagiante de Steven Tyler me acalmavam. Quando passei a prestar atenção ao que dizia, o refrão ficou na minha cabeça e não saiu mais. "*E eu estou fazendo uma prece para os corações desesperados esta noite*" era algo tão bonito e profundo que eu ficava repetindo sem parar a frase quase que o dia todo, até irritar Igor. Após a overdose, o fato de ela casar perfeitamente com o momento que estava vivendo, ao produzir o novo álbum, só fez a vontade de cantá-la ao vivo aumentar. *Amazing* é como se fosse a descrição dos meus sentimentos ao criar as canções para *O Abismo*, meu fundo musical, a eterna música da minha vida.

E a nova fase pela qual passei também mostrou o quanto cresci. As primeiras canções que gravei eram uma mistura de pop e rock, muito som e agitação. Mas após parar no hospital, mudei. Minha perspectiva, dor, atitude, tudo se modificou, o que significou uma transformação também nas minhas músicas, que passaram a ter letras mais melancólicas e abstratas, e no meu som, que se tornou mais limpo, por assim dizer. Até nos fãs. No início, eu era considerado mais um rostinho bonito que sabia cantar; depois do novo álbum, passei a ser considerado um artista sério, com letras profundas e um som de rock mais cru. Incrível como uma alteração de comportamento pode afetar a crítica musical e te dar um novo patamar na profissão.

O álbum *O Abismo* representava tudo de novo que se tornou minha vida. E era o que estava na minha cabeça naquele momento no quarto em Salvador, ao pensar na minha carreira, minha mãe, minha dor e Carol.

Tentando tirar tudo da mente, troquei de roupa e saí do quarto do hotel atrás de Igor. Eu o encontrei no hall de entrada, encostado a uma pilastra, conversando ao celular. O pessoal da banda passou por mim e Breno acenou, entrando em uma van. Estava quase na hora de irmos para o estádio e percebi o espanto de Igor ao me ver sem ter que me chamar.

— Que bom que já está aqui, assim não nos atrasamos — disse ele e tentei não ficar magoado. Nunca atrasava a banda, só não me lembrava de descer na hora que ele marcava para mim.

Entrei em outra van com meu irmão e DoisxDois, pensando em Carol, seus cortes e tristezas. Desde a noite anterior, quando ela conseguiu descrever exatamente o que se passou em minha cabeça ao criar a letra de *O Abismo*, que a conexão entre a gente aumentou. Abri mais meu coração para Carol, explicando melhor a internação e problemas de alternância de humor de minha mãe, coisas que me deixavam triste, e o fato de eu viver isolado e não sentir necessidade de me relacionar com outras pessoas. Ela pareceu entender e percebi que estávamos ficando mais próximos a cada conversa, mesmo que eu nunca a tivesse visto pessoalmente.

Carol parecia ocupar todos os meus pensamentos nos momentos livres. Havia angústia nela, mas ao mesmo tempo existia a brecha para uma ajuda, talvez pelo fato de sua irmã estar sempre tentando penetrar no mundo dolorido dela. Ou era eu que já estava imaginando coisas por me sentir desesperado em minha fixação em ajudá-la. Depois de falar sobre minhas tristezas para a garota, escondendo a parte do TOC com medo de que ela desistisse de teclar com alguém obsessivo, tive uma ideia e aproveitei aquele momento tranquilo na van para comentar com Igor.

— O que acha de fazermos um novo show no Rio?

Igor estava ao meu lado e me olhou com os olhos cerrados, provavelmente tentando descobrir qual o pretexto por trás do meu pedido.

— É sério? — perguntou ele e balancei a cabeça.

— Sim, estive pensando nisso. Acho que seria legal um novo show em casa, para encerrar a turnê.

DoisxDois se animou e concordou comigo. Igor ficou um tempo pensativo.

— Vou ver se dá para arrumar porque está muito em cima. Quem sabe?

Sorri por dentro e por fora. Mal sabia ele que o que eu mais queria era cantar para minha fã depressiva. Talvez um show a ajudasse.

Eu precisava arriscar.

A cada vez que Luciana tentava conversar com os pais sobre Carolina, ou se esforçava para ter uma reaproximação com a irmã, sentia como se estivesse batendo de frente a uma parede. Mas precisava continuar se esforçando para quebrar a distância dos dois mundos diferentes: o da incompreensão dos pais e o do isolamento da irmã.

Não se lembrava da época em que Carolina começou a se afastar. Provavelmente no período em que o namoro com Douglas iniciou, no começo do ano, ao entrarem na faculdade, e Luciana estava tão envolvida que não percebeu o precipício crescendo entre as duas. O fato de a irmã se fechar em sua dor era compreensível, e talvez isso tenha ajudado para que não notasse o quanto o distanciamento era grande nos últimos meses.

Mas aos poucos tudo veio como uma onda forte e não dava mais para negar: Carolina estava mais quieta do que o normal, mais fechada e infeliz. Douglas era a única pessoa que não estudou no colégio delas e sabia sobre a *Foto*. Carol não queria que ele soubesse porque não conseguia mais confiar em ninguém, só que um dia ele presenciou uma discussão entre a garota e os pais a respeito do assunto, e não teve como Luciana esconder. Ele entendeu a situação e apoiou Carolina, o que aproximou os dois.

Douglas continuou batendo na tecla da depressão e Luciana pensava a respeito, mas, ao mesmo tempo, se recusava a acreditar que a irmã estivesse doente. Ela não queria nem podia admitir que deixou isso acontecer a alguém tão ligado a ela sem que percebesse.

E os pais não ajudavam. Consideravam tudo culpa de Carolina, mas Luciana continuava tentando. Jamais desistiria. Por isso, respirou fundo ao encontrá-los juntos na sala, algo raro de se ver. Era a oportunidade perfeita, não sabia quando teria uma nova chance de conversar com os dois ao mesmo tempo, sem a irmã por perto.

— Quero falar com vocês — disse Luciana, respirando fundo e se sentando em um sofá próximo aos pais. Nélio diminuiu o som da TV, percebendo o tom sério da filha.

— Aconteceu alguma coisa? — perguntou Verônica, preocupada.

— Eu sei que vocês não gostam de falar sobre o problema da Carol, mas estou preocupada, de verdade.

— De novo, não — disse Nélio, a rispidez clara em sua voz.

Ele se levantou e Luciana esticou a mão, impedindo que o pai saísse da sala.

— É sério, gente. Não é possível que vocês não vejam o que se passa aqui dentro. A Carol está cada vez mais isolada no quarto, quase não conversa e tem se alimentado mal. Estou com medo de ela entrar em depressão, se já não estiver com a doença.

— Doença? — disse Nélio, um pouco alto demais. — Ora, depressão não é doença. É uma frescura que os médicos inventaram para justificar tudo e entupir as pessoas de remédios e desculpas esfarrapadas. O que a sua irmã tem é culpa.

— Não estou ouvindo isso — comentou Luciana, sem medo de esconder a incredulidade com as palavras do pai.

— Querida, sua irmã está passando por uma fase por causa da besteira que fez. Em pouco tempo, ela vai melhorar — disse Verônica.

— É sério que vocês não se importam? — perguntou Luciana. Os pais ficaram calados e ela se levantou. — Estou preocupada e vou fazer o que estiver ao meu alcance para ajudar minha irmã. Espero que mudem a mentalidade de vocês e percebam que sua filha precisa de ajuda.

Ela saiu da sala, balançando a cabeça, em direção ao quarto. Nélio voltou a se sentar e Verônica o encarou.

— Será que a Luciana está certa?

— Claro que não! Você acha que alguém aqui tem depressão? Isso é uma frescura, logo vai passar. Já falei que é melhor que a Carolina fique um tempo em casa, assim não sai e faz besteira na rua — respondeu Nélio, aumentando o som da TV.

Antes de dormir, Luciana foi até o quarto da irmã dar boa noite. Tornou a ação um hábito, uma forma de dizer "*estou aqui*". Não dava para forçar a barra, mas devia se mostrar acessível. Era o que os sites sobre depressão diziam; era o que ela passou a fazer.

Com o apoio de Douglas, aprendia cada vez mais sobre o tema. Precisava e queria entender o que se passava com a irmã, só assim poderia ajudar. E um dos conselhos que leu em vários sites foi o de se mostrar presente, sem pressionar. Por mais que a pessoa que está com depressão não aceite a ajuda de imediato e tente afastar quem se aproxima, é importante demonstrar que está ali caso a pessoa queira. Se os pais não se interessavam ou não se importavam, era problema deles. Amava a irmã e iria lutar para que ela melhorasse.

— Oi, vim dar boa noite — disse Luciana, colocando a cabeça dentro do quarto.

Como sempre, Carolina estava sentada na cama com o notebook no colo, assistindo a uma série ou filme que Luciana não conseguiu distinguir.

— Boa noite — respondeu Carolina, abaixando a tela do computador.

— Tente não dormir tarde, amanhã temos aula — comentou Luciana. — Meu Deus, falei como nossos pais, cruzes. — As duas riram. — Bom, qualquer coisa me chama.

— Pode deixar — respondeu Carolina.

Luciana ainda deu um outro sorriso, sem retribuição da irmã, e fechou a porta, deixando Carolina perdida em seu mundo solitário e de dor.

Antes que pudesse ir para meu quarto após o show de Salvador, Breno me puxou e disse para eu passar no seu quarto assim que desse. Alguns dias atrás, daria uma desculpa esfarrapada e me enclausuraria no aconchego da minha solidão, mas agora havia interesse em descobrir mais sobre a Universidade da Guanabara. Era a deixa que precisava para sondar sobre Carol e tornar Breno meu detetive particular.

Quando entrei no cômodo e Breno tirou cinco garrafinhas de vodca da mala, tive um *déjà-vu* e me lembrei de quando Tales fez a mesma coisa. De modo algum eu teria outra overdose.

— Nem pensar! — disse, assim que ele me estendeu uma das garrafinhas.

— Como assim? — Breno se surpreendeu com minha atitude.

— Eu não bebo. A última vez que ingeri vodca não foi uma boa.

— Todo mundo fala a mesma coisa após uma ressaca, mas volta a beber — disse ele, rindo e abrindo a garrafinha.

— É sério. Não quero o General marcando ainda mais em cima.

— Cara, você é adulto.

Ele não entendia. Ninguém entendia. Eu era adulto, mas precisava de supervisão. Eu tinha pensamentos estranhos e queria que alguém cuidasse de mim, porque sentia e sabia de uma coisa: se Igor não ficasse em cima, eu estaria perdido.

— Estou bem, de verdade — respondi e me sentei em uma poltrona que havia ali. Dobrei as pernas para cima e abracei os joelhos, olhando Breno tomar um grande gole de vodca e fazer uma careta.

Ele foi até a TV e a ligou, mas não prestamos atenção ao que passava na tela. Breno se jogou na cama, como eu fazia, e ri. Decidi que era hora de arriscar e perguntar sobre Carol.

— Não tem problema você faltar muitos dias de aula por causa da turnê? — perguntei, entrando aos poucos no assunto.

— Não, apesar de terem sido três semanas, este semestre estou fazendo poucas matérias — respondeu Breno e não deu mais papo, então percebi que teria que entrar ainda mais no tema "universidade".

— Você tem muitos amigos na faculdade?

Breno me encarou e fez uma cara de quem não entendeu nada, mas depois de um instante acho que decidiu que não havia nada de errado com a minha pergunta.

— Mais ou menos. Sei lá, nunca pensei nisso.

Ele ficou calado e olhou a televisão. Percebi que precisava ser mais objetivo.

— Tem uma garota que estuda na Universidade da Guanabara, caloura de Arquitetura, que tem uma irmã gêmea. Você a conhece?

Breno deitou de lado, apoiando a cabeça em uma das mãos.

— Sei quem é, eu acho, mas nunca falei com ela. Ou com a irmã. É difícil não notar gêmeas. — Ele se sentou na cama. — Por que pergunta? Não sabia que conhecia alguém da Universidade da Guanabara.

— Não conheço. É um amigo meu que quer saber — respondi e me senti ridículo. A velha desculpa de *"não é para mim, é para um amigo"* era a pior coisa que podia usar, mas Breno pareceu não se importar. Deu um gole na garrafinha de vodca, terminando com o conteúdo, e pegou outra.

— O que ele quer saber? — perguntou Breno, e acho que desconfiou que era eu quem queria mais informações sobre a garota.

— Nada. Sei lá. Só com quem ela anda. Saber mais como ela é.

— Cara, nunca reparei. Deve andar com a irmã, né? — Ele deu de ombros. — Onde você a conheceu?

Pronto, ele sabia. Ficamos nos olhando, um silêncio constrangedor no ar. Decidi falar a verdade. Ou meia verdade. Não adiantava mais mentir, e talvez ele pudesse me ajudar sabendo melhor o que eu queria.

— A conheci na internet. Em um site sobre mim, ela tem um site de fã — menti. Não dava para contar a verdadeira história de como eu conheci Carol. — Mas nunca vi uma foto. Como ela é?

— Normal, eu acho. — Ele terminou a segunda garrafinha de vodca e ficou encarando a televisão, piscando rapidamente de vez em quando.

— Ela é morena, cabelo comprido. Se for a que eu tô pensando. A irmã tem o cabelo mais curto. Ou é o contrário.

Breno ficou mudo e esperei mais informações, que não vieram. Depois de um tempo, ele se levantou e pegou a terceira garrafinha e eu decidi que era hora de voltar para o meu quarto. Não conseguiria descobrir mais nada naquela noite.

Capítulo 7

"Quando eu perdi o meu controle
E atingi o chão"

Amazing, Aerosmith

A turnê foi encerrada no final de junho sem contratempos, graças à falta de quadros nos hotéis. Mesmo achando tudo um absurdo, Igor atendia a meus pedidos loucos. Insisti tanto que ele conseguiu o show no Rio, que foi marcado para o início de agosto, pois estava muito em cima para fazer após a última apresentação em São Paulo. Igor decidiu que o show extra seria em comemoração ao meu aniversário, e aproveitaria a ocasião para gravar um DVD. Ele estava empolgado, acho até mais do que eu, e já se envolvia com os preparativos enquanto agosto não chegava.

Tudo bem, disse a mim mesmo, assim você tem mais tempo para pensar. Mas pensar no quê? Como eu faria para encontrar Carol em um show repleto de fãs? Não dava para chegar ao microfone e anunciar *"por favor, minha fã Carol que tem depressão, levante a mão"*. Pensariam que eu era louco.

Talvez eu fosse, ou me encontrasse envolvido em uma loucura, porque estava totalmente fixado em Carol. Conversávamos quase todos os dias. Ela me acalmava e descobri que conseguia ser divertida, apesar da tristeza. E percebi que eu também a acalmava, principalmente quando falávamos sobre mim. Duas fãs trocando confidências sobre Gabriel Moura. No começo, suspeitei que era meu ego falando mais alto, mas, aos poucos, percebi que o ato de tocar no meu nome e de falarmos o que pensávamos sobre mim ou minhas músicas deixava a garota mais calma, menos triste. Então parei de perguntar sobre depressão e passei a falar futilidades de celebridade. Era um modo de ajudá-la a se distrair.

Só que eu precisava de outras formas, não dava mais para ficar apenas atrás da tela. Estava sentindo uma urgência em conversar pessoalmente ou agir, fazer Carol ficar boa ou, pelo menos, um pouco boa. Estávamos conversando há semanas, junho se encaminhava para o final e, em pouco mais de um mês, o show aconteceria. Eu tinha que mantê-la sã até lá.

— Sonhando acordado?

A pergunta me pegou de surpresa. De certa forma estava viajando em meus pensamentos, sentado na varanda da frente de casa, no condomínio onde morava no Recreio, quando fui surpreendido por Emanuele, a ex do meu irmão. Ela beijou a minha testa e se sentou ao meu lado, em um dos sofás que havia no espaço arejado.

— Nada, só analisando a vida.

— Sei. — Ela olhou por cima do ombro e eu sorri.

— Ele está tomando banho. Mas pode ir lá, não há nada que já não tenha visto.

— Como você é inconveniente — disse ela, rindo e empurrando meu braço. — Vim trazer as provas dos novos *cards* para vocês verem.

Emanuele me entregou algumas fotos 10x15, que seriam usadas para divulgação e em formato de *cards* autografados para os fãs, e comecei a olhar minha cara em diferentes poses. Ela era designer gráfica e fazia tudo o que eu precisava: site, artes, minha logo, capa, material promocional.

— Ficaram boas.

— Sim. Deixei um espaço para autografar na frente em cada uma delas.

— Vou esperar Igor decidir qual usar. Ele é melhor nisso do que eu.

— Eu gostei mais desta — disse ela, puxando uma das fotos onde eu estava sentado na grama com a guitarra nas mãos. — Está despojado e ao mesmo tempo *sexy*.

— Quem usa a palavra despojado?

— Eu, oras. — Ela riu novamente e ficamos quietos, olhando a foto. — Como ele está? — perguntou, depois de um tempo.

— Normal, eu acho. — Dei de ombros. — Igor é Igor.

— Você é muito severo com ele. — Ela me censurou de um modo que apenas Emanuele sabia fazer.

— Eu sei, mas é mais forte que eu.

— Ele só fica preocupado. Você é muito isolado do mundo.

— Não sou. — Tentei fechar a cara, mas não consegui. Emanuele tinha um semblante tão leve que era impossível ficar bravo com ela.

— Quantos amigos você tem?

— Isso é golpe baixo. Eu tinha amigos no colégio, mas a fama os afastou.

— Tá bom. — Ela riu, uma risada gostosa. — Você os afastou. — Emanuele segurou minha mão e me encarou com doçura. — Pare de afastar as pessoas que gostam de você. Não faz bem.

— Não faço de propósito.

— Deve ter alguém com quem goste de conversar, além de Igor.

Pensei em Carol e no quanto ela me acalmava. Eu gostava de conversar com ela pelo computador e fiquei imaginando como seria falarmos pessoalmente. Percebi que Emanuele me olhava com atenção e me bateu um medo de que descobrisse que havia sim alguém especial em minha vida, então decidi desconversar.

— Eu só... não gosto muito de gente.

Ela deu uma gargalhada alta e a acompanhei, me lembrando da época do colégio. Não tinha muitos amigos, ela estava certa. Havia Kauê, meu melhor amigo, e os amigos dele, que me aguentavam por sua causa. Eu era bem fechado, mal falava com os outros, e quando Kauê decidiu fazer mochilão pela Europa após o término do colégio, nos afastamos e o contato foi sumindo. Nem sabia mais por onde ele andava.

— Não inventa mais manias.

— É sério. Não tenho pavor de locais lotados, até porque passo boa parte do tempo neles. Só não gosto muito da interação.

E era verdade. Eu não sofria de Antropofobia, o medo das pessoas, ou Fobia Social, o medo de ir a festas ou encontrar pessoas, apenas não gostava muito de interagir com os outros. Eu me sentia bem sozinho, em casa, no quarto ou sentado na varanda ou no quintal, compondo. Gostava de ficar só, a solidão nunca foi minha inimiga, muito pelo contrário. Aprendi desde cedo a aceitá-la e a usá-la, escrevendo sem parar. Ela era minha aliada, e aos poucos fui me acostumando a ficar isolado. Só mudava quando estava no palco, me apresentando. É estranho, mas nestes momentos não tinha crises, apenas me acalmava. No palco, eu era outra pessoa, um Gabriel tranquilo e sem problemas.

— Você é antissocial então — recriminou Emanuele.

— Acho que sim. — Balancei a cabeça, concordando. — As pessoas às vezes me aborrecem, sempre julgando, criticando e torcendo para você se dar mal.

— Credo, falando assim parece que ninguém presta.

— Vai dizer que não é verdade?

— Não é. Eu gosto de você e quero seu sucesso.

— Você gosta de todo mundo.

Emanuele ia falar algo, mas fomos interrompidos pela chegada de Igor, que veio de dentro de casa.

— Oi — disse ele, de um modo tímido. Os dois ficaram se encarando por um longo tempo e senti que estava sobrando.

— Bem, vou lá fazer algo — comentei e entrei em casa, mas acho que os dois nem notaram.

Cuidado com o que deseja. As palavras vibraram pela cabeça de Emanuele quando Igor se sentou ao seu lado, no lugar antes ocupado por Gabriel. Eles ficaram alguns instantes calados, observando a rua deserta.

Ela crescera assistindo aos filmes adolescentes em que um belo dia um caminhão de mudança parava em frente à casa da mocinha, e um novo vizinho aparecia. Os dois se apaixonavam e viviam felizes para sempre, e Emanuele sonhava com este momento, até que ele aconteceu.

Quando surgiu a novidade da ida do astro do rock Gabriel Moura para o condomínio onde morava, todas as meninas ficaram em polvorosa com a possibilidade de terem por perto o grande ídolo. Emanuele também se empolgou, curtia as músicas dele e pensava que seria legal ter alguém famoso ocupando a casa em frente à sua.

No dia da mudança, as garotas encontraram desculpas para passarem em frente ao novo lar de Gabriel e algumas até forçaram amizade com Emanuele, em uma tentativa de ficarem em sua varanda vendo o movimento. Ela dispensou todas e assistiu sozinha de sua janela ao entra e sai de gente. Até aquele garoto de cabelo loiro escuro aparecer dirigindo seu carro junto do irmão popular. Igor saiu de trás do volante e o coração de Emanuele pareceu parar por alguns segundos. Ela nem reparou em Gabriel saindo do carro também, só tinha olhos para o novo vizinho. Seu sonho estava se realizando, e ela mal sabia a confusão em que sua vida se tornaria ao se envolver com a família Moura.

— Ele te deu muito trabalho? — perguntou ela, quebrando o silêncio em uma voz suave.

— O de sempre. — Igor deu de ombros. — Às vezes acho que ele nunca vai melhorar.

— Vai sim, aos poucos melhora. Você não pode desanimar.

— É tão cansativo, mas não posso desistir. É meu irmão e não gosto de vê-lo assim. Só que tem dias em que fico exausto de tanto medir as palavras ou ações — disse Igor, dando um longo suspiro. Ela sabia e entendia, há anos convivia com os problemas da mãe dos garotos e as neuroses de Gabriel. — Você não imagina o que ele inventou desta vez.

— O que foi? Algum pedido maluco?

— Sim. Quis que eu pedisse para tirar os quadros dos quartos em que dormiu, depois que deixei o de Porto Alegre torto e o primeiro show lá foi um desastre.

— Que droga.

— Ele não entende que se tropeça ou esquece uma música não é por causa de um quadro torto. Caramba, é apenas um objeto fora do lugar, não tem nenhuma influência com o que se passa em uma apresentação.

— Você devia ter deixado os quadros, para que aos poucos ele aprenda.

— Ele teria um ataque, precisava ver como ficou após o show no qual teve problemas.

— Imagino que seja frustrante, mas na cabeça dele tudo se conecta.

— Eu sei, por isso atendi ao pedido dele.

Igor passou uma das mãos nos cabelos ainda molhados, bagunçando-os. Emanuele notou o quanto isso o deixou mais bonito. Sentiu vontade de beijá-lo, mas se deteve. Quando a turnê começou, Igor terminou o relacionamento dos dois com a desculpa de que precisava focar no irmão. A mãe foi se tratar no exterior no início do ano e o pai decidiu voltar à Suécia para vê-la justamente no momento em que os filhos viajariam pelo Brasil para quase um mês de apresentações. A cabeça de Igor estava confusa e ela resolveu aceitar o tempo de que ele precisava, sem reclamar. Já estava acostumada com os altos e baixos daquela família. Ela o amava e sabia que era correspondida, mas às vezes ele precisava de espaço para ordenar a vida e compreender os próprios sentimentos.

— Não dá. É difícil explicar, só crescendo na minha casa, com a minha mãe cheia de obsessões e oscilações de humor para entender. Não sei como não fiquei cheio de manias iguais às do Gabriel. Talvez por ser menos apegado a ela, ou por ser mais velho e conseguir entender melhor o que acontecia. Mas não escapei totalmente, você sabe — disse ele, de modo tímido.

Ela sabia e não julgava, tentando ajudá-lo sempre. Igor não tinha as obsessões e compulsões do irmão, mas não entrava em piscinas públicas com tanta frequência quanto gostaria, carregava álcool gel sempre que dava, tinha pavor de corrimão de escadas e maçanetas de portas de locais públicos e guardava as roupas no armário organizadas por cores.

— Eu entendo, você sabe muito bem.

— Sim, desculpa. Foram dias complicados. — Ele a olhou pela primeira vez desde que se sentou ao seu lado. — Ele quis que eu descobrisse por que os lençóis dos hotéis fazem barulho — sussurrou, envergonhado.

— O quê? — Emanuele deu uma gargalhada alta. — E você descobriu?

— Perguntei em dois hotéis, mas os funcionários não entenderam o que eu queria saber. Eles me olhavam como se eu fosse maluco. Não tive coragem de perguntar no hotel seguinte.

— E o Gabriel não cobrou a resposta?

— Graças a Deus, não. — Igor estremeceu.

— Ele fica muito sozinho. Não é bom.

— Sim. Mas não posso forçá-lo a ter amigos.

Emanuele pegou uma das mãos de Igor, como havia feito com Gabriel, e beijou a palma.

— Estou aqui para ajudar. Se você quiser.

Ele sorriu e beijou a bochecha dela, deitando a cabeça em seu ombro.

Ao deixar os dois na varanda e entrar em casa, fiquei deprimido. Ok, talvez não deprimido, já que a palavra passou a ter uma conotação diferente para mim desde que passei a conversar com Carol. Provavelmente a palavra certa para me descrever naquele momento seria desanimado. Fiquei triste ao constatar que estava sozinho ali, mas não solitário do modo como gosto de ficar. Eu me senti abandonado, largado pelos meus pais. Minha mãe estava internada e meu pai foi visitá-la. Estávamos Igor e eu e aquela casa grande e silenciosa.

Olhei a sala vazia e fria. Os móveis de bom gosto que minha mãe escolhera pareciam impróprios, os quadros de minha avó pendurados realçavam mais do que tudo. Atrás de cada extremidade deles dava para ver na parede grandes marcas pretas, feitas por minha mãe. Assim que mudamos, ela delimitou de forma sutil os quatro cantos de todos os quadros nas paredes, para saber onde cada extremidade devia ficar, impedindo que alguns deles entortassem e ela não percebesse. Era o universo se equilibrando em nossa casa e estabilizando nossas vidas.

Mas depois de sua pior crise, alguns dias antes de eu ter minha overdose, meu pai aproveitou a internação dela para pintar todas as paredes onde havia um quadro, sumindo com as marcas. Quando minha mãe voltou da clínica, teve um ataque histérico e os dois brigaram feio. No dia seguinte, as paredes foram marcadas novamente, mas desta vez com uma caneta hidrográfica preta, deixando sinais visíveis mesmo de longe. Meu pai ficou calado, conformado com a situação, e ninguém tocou no assunto. Era como se aquelas marcas não existissem ou fizessem parte da decoração.

Fui para o quarto pensando nela, nos vestígios de caneta nas paredes e no que o Dr. Amorim dizia sobre as obsessões. Ele entrou em minha vida após a overdose, indicado por alguém. Meu pai achou que eu precisava de acompanhamento médico e assim passei a fazer terapia.

O Dr. Amorim parecia existir desde sempre. Tenho quase certeza de que esteve presente nas primeiras Cruzadas. Em seus áureos tempos deve ter sido um cavaleiro templário ou lutara nas Guerras Napoleônicas. Era um velhinho gente boa, que eu adorava, com olhos paternais e voz calma, que me davam vontade de dormir. Não cheguei a ter muitas consultas com ele porque logo alguém descobriu, e em pouco tempo os sites de fofocas noticiavam que eu fazia terapia. Meu pai surtou e Igor entrou na jogada como a desculpa perfeita. Para todos os efeitos, eu estava acompanhando meu irmão em algumas sessões. Não sei o motivo de o meu pai achar que o fato de os fãs saberem que eu fazia terapia poderia prejudicar minha carreira. Tenho quase certeza de que cerca de setenta por cento de quem gosta das minhas músicas faz algum tratamento ou está sob medicação também.

Ao entrar no quarto, encarei o quadro que havia em cima da minha cama. Nele, minha avó misturara diversos tons de azuis e eu amava aquele borrão azulado. Era hipnotizador e reconfortante olhar a pintura durante um longo tempo. E, claro, atrás de cada extremidade estava a marca de caneta feita por minha mãe. Dr. Amorim tentou enfiar várias vezes na minha cabeça que um quadro torto não traria nenhum prejuízo para minha vida, e eu sabia que era verdade, mas falar era uma coisa, fazer outra. Ele sugeriu que eu entortasse todos os dias o quadro do meu quarto e deixasse assim por alguns minutos, até não aguentar mais, sempre aumentando o tempo em que o quadro ficava fora do lugar. Cheguei a fazer isso durante alguns meses, mas quando comecei a me ocupar com o álbum *O Abismo* abandonei seu conselho. O medo de que algo não desse certo com meu novo trabalho falava mais alto.

Ao voltar de viagem, pensei em retomar sua sugestão, mas eu tinha um novo show e uma nova fixação com que me preocupar, então decidi voltar a entortar aos poucos depois que a gravação do DVD acontecesse.

Dr. Amorim também costumava falar para eu viver um dia de cada vez. Segundo ele, essa filosofia ajudava muito. "*Viva um dia de cada vez, como se fosse único, como se fosse o último. Torne cada dia especial e as dores e tristezas não serão tão pesadas*", costumava falar e às vezes eu adotava seu lema. Era difícil fazer isso, mas ele estava certo: quase sempre ajudava pensar apenas naquele instante, naquele momento, e deixar o dia seguinte para amanhã. As preocupações, tristezas, compulsões e neuras não iam embora, mas pareciam menores quando eu experimentava viver um dia de cada vez.

Fiquei parado no meio do cômodo, me sentindo deslocado em meu próprio ambiente pela primeira vez. Meu peito estava apertado e meus ombros pareciam pesados. Meus pensamentos rodavam pela cabeça e não conseguia raciocinar direito. Eu tinha uma grande responsabilidade nas mãos, mas não sabia o que fazer com ela. Fiquei ruminando as palavras de Emanuele sobre ter alguém com quem gostava de conversar, até uma ideia surgir em minha cabeça.

Enviei uma mensagem para o celular de Breno e peguei o computador, esperando Carol entrar. Quem sabe os ensinamentos do Dr. Amorim poderiam ajudá-la também?

Nem sempre os sites sobre Gabriel Moura traziam novidades, e muitas vezes havia mais fofoca ou especulação do que algo verdadeiro, por isso quando Carolina leu a notícia sobre um novo show, precisou entrar em várias páginas até ter certeza. Ela só acreditou quando o site oficial do cantor publicou a novidade, durante a tarde daquele domingo. Seu coração acelerou e ela correu para o quarto de Luciana.

— Você não vai acreditar! — disse Carolina, se jogando na cama. Luciana estranhou sua felicidade, mas tentou não demonstrar surpresa com a repentina mudança no comportamento da irmã.

— Não me diga que o Departamento de Arquitetura decidiu que todos os alunos passaram para o período seguinte, sem precisar fazer as provas finais desta semana — brincou Luciana, terminando de calçar a bota.

— Não, quem me dera. Mas é algo bom também. — Carolina ficou encarando a irmã, seu corpo exalando expectativa. — Vai ter um show extra do Gabriel em agosto, para a gravação de um DVD em comemoração ao aniversário dele.

— É sério? — Luciana sorriu, feliz com a notícia. Ela adorava os shows de Gabriel. Ele era um artista que sabia se apresentar ao vivo, e o fato de Carolina ser outra pessoa quando o assistia contribuía para cada exibição ser única.

— Sim, seríssimo!

— Bem, precisamos providenciar os ingressos.

— Ainda não estão à venda, mas já pus um aviso no celular. Não perderemos esse show por nada.

— Não mesmo. Vou avisar o Douglas, acho que ele vai querer ir.

— Será? — perguntou Carolina.

— Ele se arrependeu de não ter ido no que teve no começo da turnê. Douglas adora implicar, mas ele curte as músicas do Gabriel.

— Beleza, assim temos carona e papai não reclama de voltarmos sozinhas de um show tarde da noite — disse Carolina, saindo do quarto.

Luciana ficou olhando a porta fechar e foi terminar de se arrumar para se encontrar com o namorado.

Eu tentava pensar que não era loucura, que era algo absolutamente normal passar o dia todo esperando para entrar no computador à noite, horário mais fácil de encontrar Carolina on-line e teclar com uma estranha. Ainda mais esta estranha sendo minha fã e alguém depressivo e que não fazia ideia de com quem conversava.

Quando pensava nisso tudo, percebia que não era algo comum, mas também não totalmente maluco. Eu não estava fazendo mal a ninguém, muito pelo contrário, o objetivo era curar Carol. E meu objetivo parecia estar se encaminhando para um desdobramento favorável quando ela entrou no fórum do Depressivos Anônimos, mandando uma mensagem feliz sobre a gravação do DVD. Carol estava radiante, pelo menos era assim que eu a vizualizava. Suas mensagens eram empolgadas e ela me contou que havia se programado para comprar os ingressos dela e da irmã. De modo algum perderia meu show.

Depois de comemorar minha nova apresentação no Rio, Carol perguntou como eu estava. Todas as vezes em que enviava um "*como está hoje?*", meu coração acelerava porque nunca sabia o que responder. Ela tinha mais problemas do que eu e sempre me senti mal por dividir com Carol as razões pelas quais ficava triste. Perto da vida ferrada que ela tinha, mesmo sem saber o motivo, a minha até parecia bem. Só que naquele dia eu estava triste, um pouco depressivo, após Igor sair para dar uma volta com Emanuele e eu ter ficado um tempo em casa sozinho.

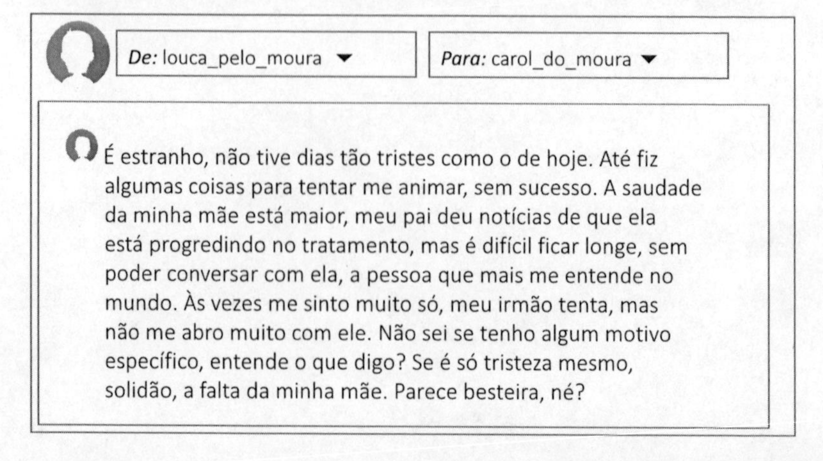

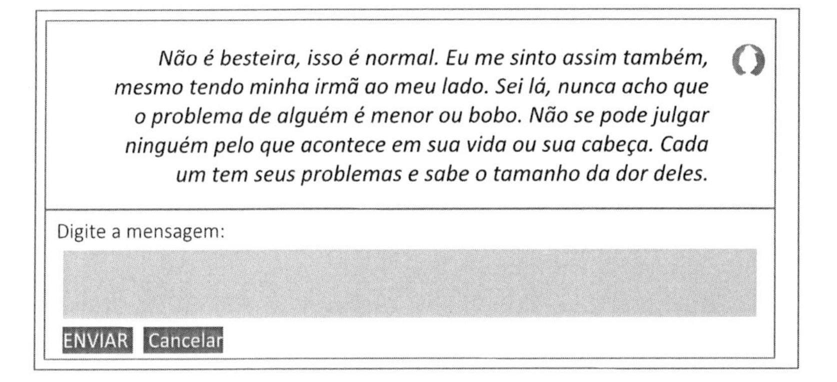

A última frase dela ficou ressoando pela minha cabeça. "*Cada um tem seus problemas e sabe o tamanho da dor deles*". Parecia letra de música, e ela tinha razão. Meus problemas podiam parecer rasos e sem nexo, mas, para mim, faziam sentido, assim como o que ela passava fazia sentido para Carol. Até o fato de ficar sozinha, enfiada no quarto o tempo todo tinha um sentido.

Era estranho alguém que eu não conhecia me entender tanto e a necessidade de estreitar nosso relacionamento incomum aumentou dentro de mim. Precisei lidar com um princípio de ataque de pânico com a confusão que estava em minha cabeça, porque continuava sem saber como fazer para falarmos sem ser pelo computador. Tive uma ideia para descobrir como ela era, só que precisava da ajuda de Breno, que ainda não me respondera. Mas como me aproximar de uma fã e dizer: "*oi, conversamos on-line. Sou a louca_pelo_moura de Macapá*"?

Ainda estava planejando como faria isso quando a mensagem de Carol me deixou atônito. Depois do meu desabafo, ela resolveu me contar o motivo de sua depressão. Há semanas esperava para descobrir o que a levou a se isolar do mundo, mas quando decidiu compartilhar o motivo, já não tinha mais certeza se queria saber.

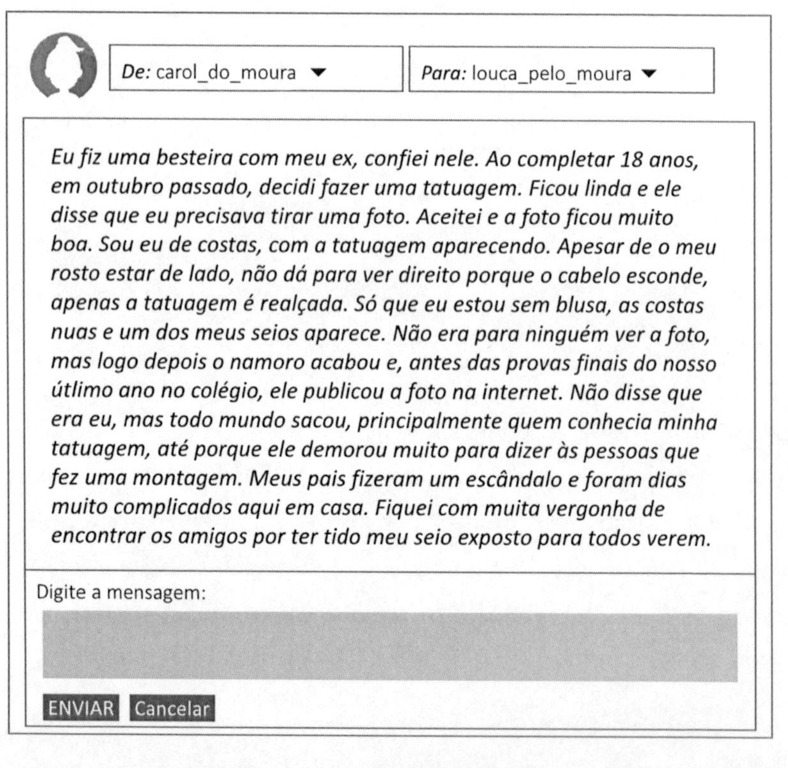

Ela parou de digitar e fiquei imóvel. O que dizer para fazê-la se sentir melhor? Que tipo de imbecil publica uma foto da ex na internet só para se vingar de um final de namoro? Que coisa mais infantil e ridícula, confiança é tudo e ele quebrou a que Carol lhe dera.

Depois de um tempo, Carol voltou a digitar e contou que o incidente a perturbou muito, pois conhecia o ex desde pequena, eles praticamente cresceram juntos. As famílias eram muito unidas, amigas de longa data, e ela confiava plenamente no cara que fora seu namorado por mais de três anos. Jamais esperava que ele fizesse algo desse tipo, mas agora não passava um dia sem que se arrependesse de ter confiado tanto em alguém.

Para evitar maiores danos, o pai dela, que é advogado, foi até a casa do ex conversar com ele e seus pais. A foto sumiu da internet com a ameaça de um processo, mas os amigos já tinham visto. Em um acordo verbal entre os pais, o cara ficou impedido de chegar perto de Carol. Após as provas, ela nunca mais o viu, mas passou a ter vergonha da tatuagem, que sempre escondia com uma blusa ou os cabelos. Apesar do calor do Rio de Janeiro, nunca mais voltou a usar uma roupa que deixasse os ombros de fora, com medo de que alguém reconhecesse o desenho e se lembrasse da foto.

Fiquei curioso para saber o que ela tinha tatuado nas costas, mas jamais perguntaria. O assunto a magoava, era o motivo de sua depressão, e eu estava ali para ajudá-la. E me lembrei das palavras do Dr. Amorim quando ela enviou a mensagem falando que tudo havia sido sua culpa.

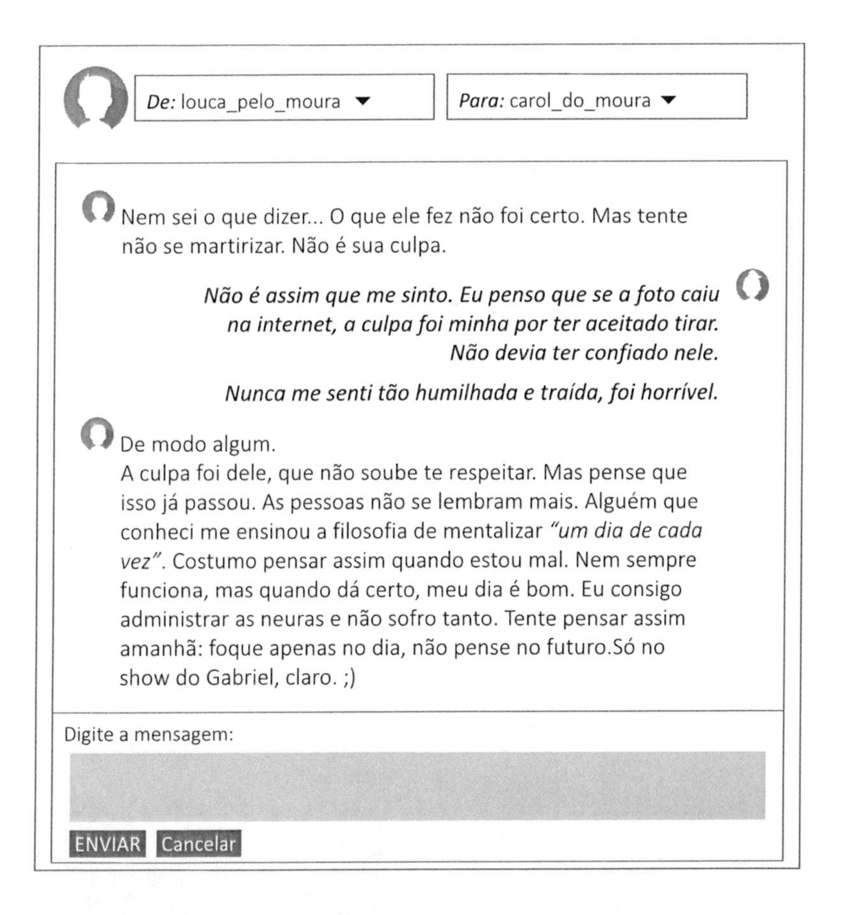

Olhei a janelinha do chat esperando surgir um *emoticon* sorridente, mostrando que minhas palavras surtiram efeito, mas, ao invés disso, o que apareceu foi uma mensagem que me deixou desconcertado. "*Tem dias que penso que talvez seja melhor encerrar a minha vida*". Pisquei várias vezes para ter a certeza de que não lera errado e senti meu peito se comprimir, a sensação conhecida do pânico invadindo cada poro do meu corpo.

Como assim? Carol estava pensando em suicídio?

Capítulo 8

"Deixe-me sussurrar em seu ouvido

Angie, Angie, aonde isso vai nos levar a partir daqui?"

Angie, Rolling Stones

Tive uma noite péssima, pensando nas palavras de Carol. Ela não deu muito papo depois de enviar a mensagem que me perturbou, apenas disse que precisava dormir e desconectou. E eu fiquei um bom tempo olhando a tela do computador.

Tem dias que penso que talvez seja melhor encerrar a minha vida.

A frase me desestabilizou profundamente porque nem nos meus piores dias eu pensei em me matar. Tive o episódio da overdose, mas não me perdi naquela noite com essa intenção. Eu não queria morrer. Apesar de ter uma vida meio estranha e cheia de neuras, sempre gostei do fato de saber que há o amanhã, de acordar e ver que sobrevivi, de continuar vivo porque um dia tudo pode melhorar, basta continuar acreditando e lutando. E queria mostrar isso a ela.

A necessidade de encontrá-la aumentou e, assim que deu 9h, enviei uma mensagem para Breno, que ele respondeu de imediato. Eu me arrumei, pus uma peruca ridícula, que ajudava quando precisava ir a algum lugar e não queria ser reconhecido. Terminei o visual com um boné, óculos de grau, mas sem grau, e fui tomar um copo de leite para acalmar meu estômago.

— Vai sair? — perguntou Igor ao entrar na cozinha, me assustando.

— Vou.

Ele ficou me encarando, desconfiado, e arregalou os olhos quando viu as chaves do carro na minha mão.

— Vai sair de carro? Sozinho?

— Sim.

— Sério? — perguntou ele e saí da cozinha. Igor veio atrás. — Aonde você vai?

— Lugar nenhum.

— Tá bom. — Ele se colocou na minha frente, me impedindo de abrir a porta de casa. — Se você vai dirigir pela cidade, não quer que eu te leve e está disfarçado, então é algum lugar importante.

— Não é nada demais, só vou encontrar o Breno na universidade que ele estuda.

— Para?

— Nada, só dar uma volta. Espairecer. Talvez me inspirar. — Dei de ombros, tentando dar pouca importância ao acontecimento.

Igor continuou me bloqueando e balançou a cabeça, um pouco desanimado.

— Você está tramando algo e não sei o que é. Eu me preocupo com você.

— Não é nada, de verdade, só vou dar uma volta. Você vive falando que fico muito dentro de casa e agora que quero sair, é esse interrogatório.

Talvez seja por isso que quase não saio, sempre tenho que ficar dando satisfação de onde vou e o que vou fazer. É cansativo.

Meu discurso funcionou porque Igor saiu da minha frente e não falou mais nada. Fui até o carro e ele ficou me olhando da porta, ainda desconfiado.

Não tirava sua razão e, ao me sentar atrás do volante, quase implorei que ele me levasse. Mas sabia que, se pedisse, Igor iria do condomínio até a Universidade da Guanabara me questionando.

Coloquei a chave na ignição e sequei o suor da testa e das palmas das mãos. Eu tinha um problema de direção. Um certo pânico. Ok, um completo PAVOR de dirigir. Trabalhei a respiração para me acalmar e engatei a marcha. Igor ficou do lado de fora da casa me observando, o que não ajudou muito. O carro engasgou um pouco, mas saiu sem maiores contratempos.

Quando estava perto de fazer dezoito anos, eu era alucinado com a ideia de aprender a dirigir e ter meu próprio veículo para sair pela cidade. Ao tirar a carteira, fiquei tão feliz que comprei logo um carro com o dinheiro que entrou pelos primeiros shows que fiz, mas aos poucos o medo começou. As pessoas dirigem como loucas no Rio de Janeiro e o fato de quase sempre minha mãe estar ao meu lado, gritando para eu tomar cuidado com pedestres, meio-fio, carros e formigas contribuiu para o medo aumentar. Antes de ir a qualquer lugar, eu mentalizava o caminho todo na cabeça, sentindo palpitações só de pensar em quando seria obrigado a mudar de pista, com receio de provocar algum acidente.

Aos poucos, comecei a ficar mal toda vez que tinha de dirigir e Igor passou a me levar aos lugares que precisava. Meu pai chegou a sugerir que eu contratasse um motorista particular para mim, mas achei desnecessário porque quase não saía de casa. Ir de táxi ou Uber estava fora de cogitação: o pavor de entrar sozinho em um carro com um completo desconhecido era maior do que o de dirigir. Mesmo que estar atrás do volante fosse uma tortura.

E foi assim que me senti guiando até a faculdade, como se estivesse sendo torturado. Sempre que precisava olhar no espelho retrovisor, meu coração acelerava, e se um carro me cortava, eu me encolhia. A sorte é que o campus universitário ficava próximo ao condomínio e logo cheguei lá. Consegui uma vaga fácil para estacionar, um pouco afastada da entrada.

Levei um tempo até me acalmar, respirando lentamente e dizendo a mim mesmo que estava tudo bem, eu havia chegado até ali vivo. Nem queria pensar na volta. Passados uns dez minutos, ajeitei a peruca e os óculos e liguei para Breno, para saber onde encontrá-lo. Ele foi me guiando pelo telefone e nos encontramos em frente ao prédio em que estudava.

Quando o avistei, Breno levou alguns segundos para me reconhecer.

— Qual é a do cabelo escuro? — perguntou ele, rindo.

— É o modo que tenho de sair de casa em paz. Imaginei que vir aqui sem um disfarce não seria muito fácil.

— Não mesmo, o pessoal curte muito suas músicas — disse ele e começamos a andar. — Ficou legal, está diferente.

— Que bom. — Fiquei aliviado. Achava ridículo ter que sair de casa disfarçado, mas já tive problemas ao tentar ir a alguns lugares públicos, então passei a adotar a peruca dependendo de onde ia. — Conseguiu descobrir alguma coisa?

— Sim. Ela deve estar na lanchonete da Dona Eulália. Se não estiver, em breve chega. Pelo que descobri, a menina não sai de lá.

Meu coração acelerou. Eu ia finalmente ver Carol, saber como ela era, estar próximo dela. Um frio percorreu minha espinha quando Breno indicou a lanchonete, e tive que parar para acertar a respiração. Não podia ter um ataque de pânico ali.

— Só um minuto — disse, baixando a cabeça e colocando as mãos nos joelhos.

— Você está bem, cara?

— Sim, só preciso de alguns minutos.

Que cena mais ridícula! Lá estava eu, tendo um princípio de ataque de pânico porque ia ver uma garota. Só de pensar nisso meu corpo começou a tremer, mas passei a respirar devagar. Aos poucos, fui me acalmando e levantei o rosto. Por sorte, ninguém parecia prestar atenção.

— Tudo bem? — perguntou Breno, olhando para os lados. Acho que ficou com medo de eu ter um infarto.

— Sim, podemos continuar.

— Ok. — Ele me olhou com o canto dos olhos quando voltamos a andar. — Se quiser, eu falo com ela.

— Não, não. Só me mostra quem é e pode ir para a aula.

— Beleza. Tenho uma prova agora, mas vamos lá. — Paramos um pouco afastados e ele olhou a lanchonete, até indicar uma garota sozinha em uma mesa afastada. — É aquela ali.

Olhei a direção em que ele indicava e meu coração, que ainda não tinha se recuperado totalmente, voltou a entrar em pânico.

— Ok — respondi, e senti a voz falhar.

— Tem certeza de que não quer que eu vá junto?

— Sim, obrigado.

Breno ainda me observou com preocupação, mas se afastou, voltando pelo caminho que viemos. E fiquei ali, parado, vendo Carol ao longe. Não dava para enxergar direito porque as lentes dos meus óculos ficaram embaçadas pelo meu nervosismo. Limpei enquanto me aproximava, o suor brotando novamente na testa. Eu respirava profundamente e me sentei na mesma direção que ela, deixando uma mesa vaga entre a gente. Carol estava de frente para mim, com fones de ouvido e escrevendo algo em um caderno. Ela vestia calça jeans, tênis e um casaco preto. Seu cabelo era comprido, castanho escuro, e seu semblante refletia tristeza pura. Eu me perguntei como as pessoas ao redor não percebiam isso, ou se já se acostumaram. Ou se ela sempre foi assim.

O rosto possuía traços delicados e era uma garota bonita, mas sem chamar a atenção. Uma pessoa normal, como Breno falara. Fiquei um tempo encarando-a, para guardar na lembrança tudo referente a ela, e meu coração não se acalmava. Meu corpo todo tremia, eu estava extasiado, feliz, vibrando por dentro. Parecendo notar que alguém a olhava, ela levantou o rosto e nossos olhares se cruzaram por alguns segundos, fazendo meu coração voltar a disparar, até uma garçonete se aproximar de mim.

Não ia pedir nada, mas a garganta estava seca de ansiedade que decidi tomar um suco de maracujá, para me acalmar. Quando voltei a olhar em sua direção, ela já retornara sua atenção para o caderno.

Fiquei um tempo sentado, sem saber o que fazer, tentando controlar a tensão que sentia, até um cara se aproximar e se sentar em frente a ela.

A semana de provas finais na Universidade da Guanabara era a preferida de Carolina. Nos dias em que os alunos estavam desesperados tentando lembrar a matéria dada ao longo de todo o semestre, ela conseguia relaxar e passar mais tempo sozinha na lanchonete da Dona Eulália.

Desde a época do colégio que Carolina terminava rapidamente as provas, e agora aproveitava o tempo livre para ficar isolada, ouvindo música. Gostava daquela mesa que quase sempre conseguia ocupar. Era a mais afastada do balcão de atendimento e, quando o lugar estava vazio, raramente alguém se sentava próximo.

Por isso estranhou ao perceber alguém ocupar uma das mesas perto da sua. Não olhou de imediato, na esperança de não ser um conhecido, mas aos poucos foi sentindo um incômodo, como se tivesse a certeza de estar sendo observada. Ela levantou os olhos e percebeu um rapaz de boné e óculos a encarando. Ele manteve o olhar até a garçonete se aproximar.

Carolina detestava quando alguém a encarava, porque havia sempre o medo de a pessoa saber que ela era a garota da foto, mas naquele dia não se importou em ser observada. Não soube explicar para si mesma o motivo, mas aquele garoto não transmitia nada além de paz.

Ela voltou a escrever no caderno até notar uma sombra e alguém ocupando a cadeira à sua frente. Por um segundo pensou ser o rapaz que estava na outra mesa, mas quando levantou o rosto viu Rafael sorrir.

— Oi — disse ele. — Como estão as provas?

— Normais — respondeu Carolina, tentando aparentar naturalidade.

Desde a festa de Sabrina que ela vinha conseguindo evitar encontrar Rafael sozinha. Ele enviara mensagens para seu celular, que ela demorou a responder ou apenas enviou um *emoticon*, mostrando que não queria muito papo. Aos poucos, ele parou de tentar uma aproximação. Até aquele dia.

— Que bom. — Rafael manteve o sorriso e um silêncio incômodo pairou no ar. — Eu queria conversar com você depois da festa, mas não deu, cada hora era uma coisa ou alguém perto. Gostei muito de ter ficado com você e...

— Rafa, não — disse Carolina, baixinho e com um sofrimento na voz que Rafael percebeu.

— Eu sei. — Ele suspirou, desanimado. — Não sou burro, percebi que não tem interesse em mim. Só não quero um clima ruim entre a gente. Gosto de você, como amigo, sabe, e quero ficar numa boa. Amigos.

Ele sorriu e Carolina retribuiu. Sabia que não falava a verdade, ele queria algo mais, mas o fato de aceitar a barreira que ela colocou entre eles era bom. Ela não tinha problemas em ser amiga dele.

— Tudo bem. Desculpa, eu realmente não estou em um momento bom para nada além de amizade.

— Sim, percebi. Só quero que saiba que estou aqui, viu? Se precisar conversar com alguém sobre qualquer coisa, estou aqui — disse ele.

Carolina encarou os olhos pretos de Rafael. Parecia que eles liam sua alma porque o discurso era semelhante ao de Luciana. Ficou tentando descobrir se ele sabia o que se passava dentro dela, mas ia ficar maluca se focasse nisso.

— Obrigada. — Ia se levantar, mas ele segurou sua mão.

— Tenho outra coisa para falar. Douglas comentou que vocês vão ao show do Gabriel Moura. Acho as músicas dele legais e queria saber se você se importa em eu ir junto.

Ela respirou fundo e sua mente era uma confusão de pensamentos. O que responder? O que signficava ele ir ao show?

— Sim, claro, pode ir. — Ela tentou sorrir, mas não soube dizer se conseguiu parecer natural.

— Não se preocupe, é só como amigo mesmo. Nunca fui a um show dele e a Lu disse que é bem bacana, então pensei, *por que não*? Acho que vai ser legal. Só estou perguntando antes porque não quero te deixar desconfortável. E não precisa se preocupar, não vou forçar a barra. Só amizade mesmo, viu?

Ele pressionou a mão dela, sorriu mais uma vez e se levantou, se afastando. Carolina se sentiu mal por Rafael, mas ficou aliviada com a conversa.

O cara se sentou e pareceu íntimo de Carol. Desconfiei que era o tal do Rafa e senti o ciúme tomar conta de mim. Engraçado que nunca tive aquele sentimento desconfortável pelo meu corpo. Ciúme é algo ruim demais e fiquei pensando o que aquela confusão dentro de mim significava.

Fiquei tomando meu suco e observando a interação dos dois. Não estava sentado perto o suficiente para saber o que conversavam, suas vozes estavam baixas e quase pulei de felicidade quando ela fez menção de se levantar, para em seguida murchar ao ver o cara segurar sua mão. Notei que gostaria de segurar a mão de Carol. Não sabia como era o toque de sua pele, sua voz, seu cheiro. Eu a conhecia mais do que aquele cara e ao mesmo tempo ela era uma estranha para mim.

Quando ele saiu, Carol ficou mais alguns minutos sentada, olhando em volta, parecendo perdida. Depois, se levantou pegando suas coisas. Ao passar por mim, ela esbarrou sem querer em uma mesa e um papel caiu de dentro do caderno. Automaticamente, eu a chamei, mas ela não escutou por causa dos fones de ouvido. Ainda bem, porque não teria como explicar como sabia seu nome.

Eu me levantei e peguei a folha, abrindo para ver se era algo importante. Foi quando tive uma supresa. No papel, estava um trecho de *Minha Louca Obsessão* com várias anotações de Carol.

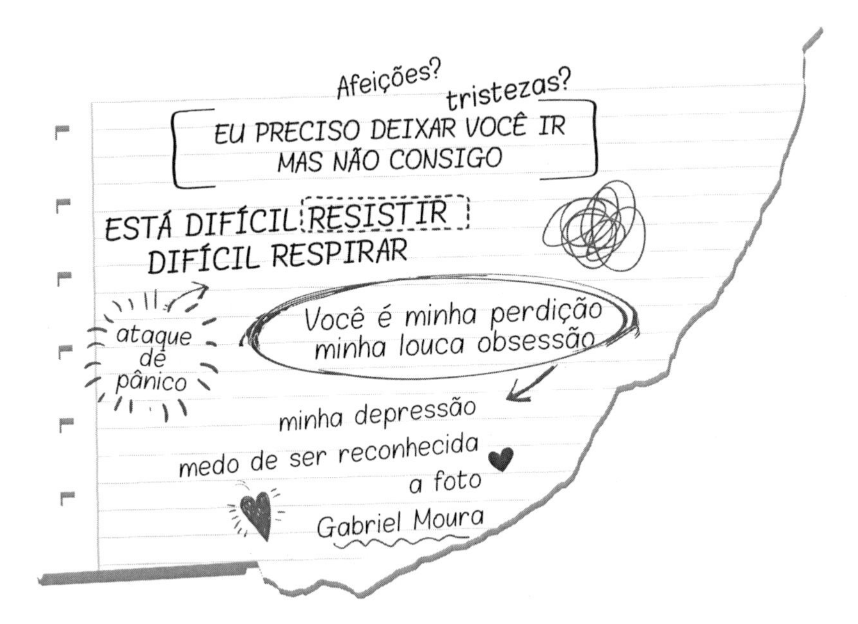

Como alguém podia me conhecer tanto? Parecia que ela sabia interpretar cada música como se estivesse dentro da minha cabeça. Carol era a única pessoa que realmente conseguiu entender o verdadeiro significado das minhas composições. Parecia que ela leu a minha alma e entendeu meus sentimentos, como se me conhecesse a vida inteira.

O choque ao ler o papel passou e procurei em volta, vendo-a um pouco ao longe. Com o coração pulando dentro do peito, corri atrás dela e segurei seu braço. Uma descarga elétrica percorreu meu corpo. Ela se voltou para mim e pareceu espantada ao ver um estranho falando com ela.

— Você deixou cair isso — disse eu, controlando a voz para soar normal.

Ela olhou o papel em minha mão, que tremia, e o pegou. Estávamos próximos e pude sentir seu perfume: leve, delicado.

— Obrigada — respondeu Carol, guardando o papel rapidamente na bolsa.

Não sei se interpretei direito, mas acho que ficou um pouco constrangida, com medo de eu ter lido o que havia escrito. Eu ia falar algo quando ela se virou e se afastou de mim, sem dar tempo de fazer mais nada.

Fiquei um tempo ainda olhando suas costas, sentindo o calor em minhas mãos onde toquei seu casaco.

Eu havia visto Carol. Havia falado com ela. Havia tocado nela, mesmo que através da roupa.

Estava nas nuvens.

E queria mais.

Ao voltar da Universidade da Guanabara, Igor me deu um comprimido para controlar meu pânico e fiquei mais de uma hora deitado em minha cama, agarrado ao travesseiro, suando frio e sentindo palpitações. O trajeto para casa foi normal, como a ida, mas o ato de dirigir sugou todas as minhas energias. Queria ver Carol de novo, mas só em pensar em me sentar atrás do volante mais uma vez, naquela semana, fazia meu corpo tremer e a respiração falhar. Sem chances.

No final da tarde já me recuperara parcialmente e desci para comer algo. Desde que retornara da rua, só consegui ingerir uma maçã porque nada mais parava no meu estômago. Eu me sentia fraco e desanimado.

Encontrei Igor ao telefone no quarto dele e acenei. Ele balançou a cabeça e continuou conversando com quem quer que fosse. Fui até a cozinha e vi Emanuele na sala, vendo televisão.

— Ei, quer assistir a algum filme? Vamos pedir uma pizza — disse ela.

A menção da palavra pizza fez meu estômago roncar e se revirar ao mesmo tempo. Concordei e decidi pegar um pouco de suco de laranja na geladeira. Depois, eu me sentei ao seu lado e ficamos os dois assistindo ao jornal, sem prestarmos muita atenção.

— Com quem Igor está conversando?

— Seu pai — disse Emanuele, depois de hesitar.

Eu a encarei e fiz uma careta. Meu pai não conversava comigo desde que viajou para visitar minha mãe na Suécia, e eu não queria forçar a barra, até porque estava feliz por ele me deixar em paz. Não me importava em receber notícias através de Igor. Eu queria falar com minha mãe, não com ele.

— Estão conversando há muito tempo? — perguntei, mas a verdade é que não me interessava.

— Não, seu pai ligou agora. — Emanuele ficou calada e me encarou. — Igor disse que você saiu de carro hoje.

Comecei a rir e ela me acompanhou.

— Foi uma aventura — respondi, estremecendo ao me lembrar do caminho até a universidade.

— Imagino. — Ela pegou minha mão, como gostava de fazer. Adorava quando Emanuele segurava minha mão, me transmitia uma sensação de calma. — Posso saber qual grande acontecimento te tirou de casa, e fez você enfrentar um volante no trânsito do Rio?

— Está querendo saber demais — disse, e fiquei calado. Ela pressionou minha mão, curiosa, mostrando que não desistiria fácil. Suspirei. — Eu te conto se me prometer não comentar nada com Igor.

— Hum — gemeu Emanuele, e eu sabia que ela não tinha como prometer nada. Os dois não guardavam segredos um do outro, o que às vezes me irritava.

Pensei no assunto e cheguei à conclusão de que não havia problemas em Igor saber um pouco do que se passava comigo. Não é que eu estava escondendo meu relacionamento, se é que havia algum, com Carol. Apenas não surgira ainda uma oportunidade de comentar com meu irmão sobre isso.

— Ok, rádio fofoca. — Rimos e relaxei. — Eu conheci uma garota... — Emanuele deu um grito e soquei seu braço de leve. — Não é nada do que você está pensando. A gente só conversa on-line.

— Você conversa com uma garota pela internet? E o que ela acha de teclar com o Gabriel Moura?

— Ela não sabe que eu sou eu — respondi, baixinho. Emanuele tinha os olhos reluzindo de curiosidade, mas não entrei a fundo no assunto. — Enfim, ela é um pouco triste, tem uns problemas aí, a gente conversa mais sobre isso: solidão, tristeza, neuras, essas coisas. É bom poder falar com alguém que me entende. — Dei de ombros e ela assentiu. — Quero fazer mais pela garota, só não sei como.

— Acho que entendi mais ou menos... Não tenho como ajudar sem saber maiores detalhes.

— Não vou te contar mais nada — comentei, e ela fez uma careta. De modo algum iria admitir minha fixação por Carol. Tudo bem Igor saber sobre sua existência, mas, se desconfiasse que eu tinha uma nova obsessão, ia marcar em cima e me vigiar ainda mais o resto do ano.

Emanuele ficou pensativa.

— Bem, veja se consegue fazer algo para animá-la. O que a deixaria muito, mas muito feliz? Qual a coisa, ou uma das coisas, de que ela mais gosta?

O que Carol gostava? Não conhecia muito sobre a sua vida, só sabia que tinha depressão e vivia no quarto. E gostava... DE MIM! Ela gostava das minhas músicas e ia ao meu show, e eu estava desesperado para vê-la mais uma vez e poder conversar melhor com ela. Aos poucos, uma ideia surgiu em minha cabeça.

— Você é demais!

Eu me levantei de uma vez e corri até o quarto de Igor. Tinha um plano em mente que precisava funcionar.

Capítulo 9

"Em toda parte que olho vejo seus olhos
Não existe mulher igual a você"

Angie, Rolling Stones

Não é certo assustar as pessoas quando elas estão ao telefone, mas em minha defesa, eu estava meio que em uma emergência.

Ok, não era uma emergência... Mas Igor ainda não sabia, nem eu. De qualquer forma, era algo urgente naquele momento porque senti que, se não falasse logo, iria explodir. Ou desmaiar.

Quando entrei ofegante em seu quarto, Igor rapidamente encerrou a ligação com nosso pai e me olhou preocupado.

— O que aconteceu? — perguntou, alternando o olhar entre Emanuele e eu.

— Como alguém faz para entrar no meu show?

Ele me encarou e cerrou os olhos, desorientado.

— Hã? Compra um ingresso? — disse meu irmão, ainda atordoado.

— Não, não, para ir ao *backstage*, para falar comigo lá.

— O que está acontecendo? Pensei que você estivesse tendo um ataque ou passando mal.

— Não, desculpa, estou tendo algumas ideias — disse, andando de um lado para o outro no quarto.

— Ele conheceu uma garota na internet — respondeu Emanuele, se sentando na cama. Igor se sentou ao lado dela.

— Conheceu uma garota? Você entrou em um site de relacionamento?

— Claro que não — respondi, deixando meu irmão mais desnorteado.

— Calma aí, alguém pode me explicar o que está acontecendo?

Parei de andar e observei Igor perdido entre o choque da notícia de Emanuele e minha agitação. Decidi contar a verdade.

— Conheci uma fã em um fórum de depressão.

— Fórum de depressão? Ai... — Igor gemeu, baixou a cabeça, esfregando as mãos no cabelo, e notei que não era um bom começo.

— Foi você quem disse que eu era depressivo — comentei, jogando a culpa em cima dele, mas não surtiu muito efeito porque Igor me encarou com o semblante fechado. — Ok, foi só algo que me veio na cabeça quando você disse que eu era depressivo. Procurei sobre o assunto na internet e caí nesse fórum. Aí tinha uma fã minha lá e passamos a trocar mensagens.

— Será que quero saber o resto? — perguntou Igor, me evitando e olhando Emanuele.

— Acho que é uma boa ele ter alguém para conversar — disse ela, levantando os ombros. — Mesmo que seja alguém com depressão. Às vezes, ele parece ficar um pouco deprimido.

— Mas isso pode piorar o estado dele. Não? — completou Igor e estalei os dedos, chamando atenção dos dois.

— Vocês estão perdendo o foco aqui. E parem de conversar como se eu não estivesse presente. E eu não tenho depressão. — Voltei a andar de um lado para o outro, para extravasar a empolgação e ansiedade por tudo o que estava surgindo em minha cabeça. — Estou tentando ajudá-la a melhorar, mas não sabia como, até um minuto atrás. Ela vai ao meu show, mas lá não tenho como falar com ela, é muita gente e não posso simplesmente sair procurando por determinada fã ou chamá-la ao microfone. Foi quando Emanuele disse algo que fez meu cérebro trabalhar.

Dei uma pausa dramática, para que eles perguntassem sobre a minha brilhante ideia, mas ambos só trocaram olhares confusos e depois me encararam.

— Você conheceu uma garota na internet, que é sua fã, ela tem depressão e você quer ajudá-la? É isso? — perguntou Igor.

— Achei que estava claro. Sim, é isso. Eu fui vê-la hoje, mas não consegui conversar, só falar rapidamente, e voltei para casa com a cabeça a mil.

— Você foi encontrar a menina? — Igor arregalou os olhos.

— Por isso ele saiu de carro — disse Emanuele, sorrindo.

— Vocês não estão ajudando. — Fiz uma careta e parei em frente a eles. — Quero encontrar uma forma de Carol entrar no *backstage* para poder conversar melhor com ela.

— Como você vai falar com a garota se ela não sabe quem você é? — perguntou Emanuele.

— Breno vai fazer isso. Pensei em dar um convite para o *backstage* do meu show. Ou colocar o nome na lista, não sei como alguém pode entrar lá para me ver. Nunca soube como funciona.

— Igor te ajuda com isso! — comentou Emanuele, empolgada.

Nós dois olhamos Igor, que ainda estava processando toda a informação que joguei em cima dele de uma vez. Ele me encarou, suspirou alto, olhou o teto e assentiu.

— Vou ver o que posso fazer.

Igor e Emanuele foram até a sala assistir a filmes e pedir pizza, e eu voltei para o refúgio do meu quarto. Tinha uma estratégia em mente e ia colocá-la em prática, mesmo ainda faltando mais de um mês para o show. A adrenalina percorria o meu corpo e não consegui ficar parado.

Liguei para o Breno, que se surpreendeu, afinal, nunca liguei para ele, e expliquei meu plano duas vezes e o fiz repetir, para não acontecer nenhum erro. Depois que ele repetiu tudo e desligamos, eu ainda enviei um e-mail com todos os tópicos e coordenadas, para o caso de ele se esquecer de algo. Pensei em tirar uma foto do e-mail e enviar como mensagem no celular, mas aí já era obsessão demais e não quis que pensasse que eu era neurótico ou psicótico.

Era segunda à noite e decidi que, se até quarta Breno não tivesse falado com Carol, eu enviaria novamente o plano, para ele revisar e relembrar.

Igor bateu na porta e me entregou um prato com dois pedaços de pizza e disse que havia mais na cozinha, se eu quisesse. Ele me olhou e pensei que ia falar mais alguma coisa, mas desistiu depois de ver o notebook ligado e saiu, fechando a porta atrás dele.

Deitei na cama e pus Aerosmith para tocar alto. Abri o fórum do Depressivos Anônimos, mas Carol não estava on-line. Queria conversar com ela, ver se falaria algo sobre aquela manhã, embora duvidasse que fosse me contar que um desconhecido lhe entregou um papel que caiu de sua bolsa. Provavelmente só falaria de sua conversa com Rafa, o que eu não estava disposto a saber. Esperava que não tivesse sido algo tão significativo para compartilhar comigo.

Enquanto esperava para ver se ela ia entrar ou não no fórum, peguei meu caderno de músicas para rabiscar. Eu gostava de compor no papel, nada de computador. Escrevia algumas frases em uma folha, depois riscava, mudava, melhorava, cortava, tudo na busca pela canção perfeita.

A lembrança do encontro com Carol de manhã voltou com força à minha cabeça, e fiquei relembrando cada momento em que estive próximo a ela. Seu rosto, traços, cabelo, gestos, modo de andar, de olhar, tudo era uma nova descoberta. Estava enebriado com ela e queria mais, mais, mais. Ela se tornara minha fixação e agora tinha uma recordação para guardar na memória de como Carol realmente era.

Comecei a escrever pensando no breve contato com seu corpo através do casaco, e no instante em que trocamos poucas palavras. Uma canção foi se formando, toda focada em Carol. Se ia sair algo bom, não sabia, mas no momento não me importei. Ela se tornou uma nova inspiração.

Eles disseram que eu devia esquecer
Que devia me perder
Mas em minha mente a única coisa que eu via era você

Posso até perder minha lucidez
Mas não me importo
Não consigo mais parar de pensar em você

Com a cabeça cheia de pensamentos confusos, Igor voltou para a sala e se sentou no sofá ao lado de Emanuele. Pegou o prato e ficou encarando o pedaço de pizza, um pouco perdido.

— Se não for comer, eu como — brincou Emanuele.

— Diz que aquela conversa no quarto realmente aconteceu.

— Por que você está tão chocado? Achei que nada mais vindo de seu irmão iria te assustar.

— Não sei. — Igor balançou a cabeça e deu uma mordida na pizza. — Às vezes, penso que ele está melhorando, mas aí surge algo novo e parece que estamos andando para trás.

Emanuele se endireitou no sofá e virou o corpo de frente para Igor.

— Quem disse que o fato de ele ter conhecido alguém não é uma coisa boa?

— Uma garota com depressão? Na internet?

— Você está sendo preconceituoso. — Ela o repreendeu também com o olhar. — Ele está empolgado com a menina, isso é bom. Não vejo seu irmão assim há tempos. Gabriel só fica animado quando está gravando, de resto vive trancado no quarto, calado.

— Eu sei.

— Não tem que pensar assim. O fato de ela ser deprimida não a torna uma pessoa ruim. Depressão é algo tratável e ele quer ajudá-la, o que é bom. Os dois podem se ajudar.

— É, quem sabe.

— Meu Deus, Igor, pare de ser retrógrado, você só tem vinte e três anos. Não pode pensar que alguém que sofre de depressão é uma má companhia. Quem sabe ela também não ajuda seu irmão a melhorar? Ele precisa interagir mais com as pessoas e ficar menos neurótico e trancado no quarto.

Igor terminou o pedaço de pizza em silêncio, pensando nas palavras de Emanuele. O que mais queria era que o irmão melhorasse das obsessões. Suas compulsões por arrumar quadros ou o medo de dirigir deixavam todos em volta exaustos. Já bastava a mãe cheia de manias e mudanças de humor. Controlar os remédios que Gabriel tomava também era desgastante. Embora ele nunca tenha demonstrado impulsos suicidas, Igor precisava ficar de olho porque havia o medo de que Gabriel ingerisse tudo de uma vez, caso tivesse a chance.

Por isso, duvidava que alguém tão problemático quanto Gabriel fosse uma solução em sua vida. Ele acreditava que o irmão deveria ter continuado a terapia, mas o pai foi terminantemente contra, e Gabriel não demonstrou interesse em manter o tratamento, apesar dos protestos de Igor.

— E se ela tiver mais problemas que ele?

— Se eles se ajudarem, isso não importa. Gabriel está feliz, animado, acho que devemos mostrar que estamos ao seu lado. Não acredito que o fato de ele querer que a garota vá ao *backstage* o deixe pior. Você acha?

— Não. Não tem nada de mais nisso. — Ele colocou o prato em cima da mesa de centro da sala e se aconchegou no sofá, pegando a mão de Emanuele. — O que seria de mim sem você?

— Provavelmente você estaria ainda mais perdido. — Os dois riram. — Só pare de me afastar da sua vida — sussurrou ela.

— Eu preciso muito de você — disse ele, beijando-a e puxando o corpo dela para cima do seu.

As provas de Breno terminaram na quinta-feira, mas ele não conseguiu encontrar Carolina e a irmã antes, por isso foi até a Universidade da Guanabara na sexta. Sem saber onde procurar as garotas, ele se sentou em uma das mesas da lanchonete da Dona Eulália e ficou ali a manhã toda.

Era o último dia de provas finais e movimentação no campus universitário no semestre. Na semana seguinte começariam as férias de julho, por isso precisava falar com as gêmeas. Ou, pelo menos, uma delas, ou então Gabriel ficaria com muita raiva. Ele não sabia o quanto furioso o amigo poderia ficar, mas imaginava que seria muito, devido às várias recomendações sobre como Breno tinha que agir ao encontrar as garotas. As mensagens e e-mails na quarta relembrando tudo o que precisava fazer não ajudaram muito para deixá-lo calmo. Gabriel parecia obcecado com a garota e não era Breno quem ia falar algo.

A hora do almoço se aproximou, e ele já estava desistindo quando avistou Carolina entrar no espaço das mesas e se sentar à distância. Respirando aliviado, Breno terminou o suco e se levantou, enquanto Luciana chegava e se juntava à irmã. Ele se aproximou das duas, um pouco sem graça, e pigarreou quando elas o encararam.

— Oi, meninas — disse ele, sem ter uma resposta delas, que pareciam confusas. — Não sei se me conhecem, mas eu trabalho com o Gabriel Moura.

— Sim, você é o tecladista, certo? — respondeu Luciana.

— Isso. — Breno sorriu, nervoso. — Eu soube que vocês curtem o som dele. Vão ao show em agosto?

— Claro — respondeu Luciana. Ela olhou a irmã, que se manteve séria.

— Beleza. — Breno esfregou as mãos. — Eu queria saber se vocês têm interesse em conhecê-lo, sabe. Eu posso apresentar vocês.

Carolina arregalou os olhos e ofegou e Luciana fez um barulho com a boca e sorriu. Breno espiou por cima do ombro, para ver se alguém observava a cena, mas havia pouco movimento por ali no momento.

— Você vai levar a gente para conhecer o Gabriel Moura? — perguntou Luciana, a expectativa e felicidade perceptíveis em sua voz. Ela encarou a irmã e a cutucou com o braço.

— Se quiserem, claro. Fiquei sabendo que são fãs dele e pensei que, se estiverem interessadas, eu levo vocês até o camarim dele antes do início do show em agosto.

— O que a gente precisa te dar em troca? — perguntou Carolina, falando pela primeira vez. Luciana deu um empurrão de leve na irmã, que levantou os ombros. Elas ficaram se encarando, como se as duas conversassem em silêncio.

— Não precisam me dar nada, é sério. É difícil encontrar fãs de verdade dele, sabe, que curtem a música em primeiro plano. A maioria das meninas gosta mais do visual dele e depois é que vem a música. Mas quando alguém curte a música em primeiro lugar, isso deve ser valorizado, sabe, porque a música é mais importante — disse Breno, e parou de falar porque percebeu que estava gaguejando e sendo repetitivo. Ele respirou fundo, fechou os olhos e voltou a falar com mais calma, antes que a ideia de Gabriel desse errado. — Não tem truque algum, é só isso mesmo. Se quiserem, posso levar vocês ao *backstage*, sem me dar nada em troca. Só para conhecerem o cara. Vocês curtem a música dele e eu o conheço. Só isso.

— Claro que topamos, né, Carol? — disse Luciana.

— Beleza, então é só guardar meu celular e me ligar no dia, umas duas horas antes do início do show, que eu levo vocês lá.

Breno entregou um papel para Carolina com o telefone anotado e saiu. As duas o observaram se afastar.

— Ok, isso foi muito estranho — disse Carolina. — Como ele descobriu que somos fãs do Gabriel? Será que o Douglas falou algo?

— Acho que não. — Luciana negou com a cabeça e olhou a irmã. — Quem se importa? Nós vamos conhecer o Gabriel!

— Uau — completou Carolina.

A casa de Douglas era um lugar onde Luciana adorava ir. Havia confusão, conversas altas e animação o tempo todo, um misto de alegria e camaradagem, com um brincando com o outro. Um clima de família normal, bem diferente da sua nos últimos meses.

E naquela sexta, quando Douglas e ela foram até lá no final da tarde, não foi diferente. A mãe e a irmã dele estavam sentadas à mesa de jantar lotada de revistas e papéis sobre casamento.

— Douglas, chegou em boa hora! Por favor, me salve — disse a irmã, tentando fazer cara de sofrimento.

— Ora, mocinha, se não queria se casar, ficasse quieta — disse a mãe, batendo de leve no braço da filha.

— Eu não queria uma grande festa de casamento, isso foi ideia sua! Não sei para que fazer uma festança, o povo vai sair falando mal de qualquer jeito.

— Quem vai falar mal? Meus convidados não vão, só se forem os seus!

— Se eu soubesse que casar dava tanto trabalho, tinha seguido a ideia do papai e fugido para Las Vegas — comentou Kátia, encarando o irmão e a cunhada com uma expressão fingida de dor no rosto. — Será que ainda dá tempo de cancelar tudo e ir para Vegas?

— Nem pense nisso! E o casamento em Las Vegas não vale aqui — disse a mãe, rindo e se levantando para dar um abraço em Luciana.

— É claro que vale! — Kátia se espantou e olhou o irmão. — Não vale?

— Deixem a minha pessoa fora dessa confusão — respondeu Douglas, puxando Luciana para o quarto.

— Daqui a pouco levo um lanche para vocês — gritou a mãe.

— Não se preocupe com a gente, vamos sair dentro de meia hora — respondeu Douglas, fechando a porta do quarto. — Meu Deus, essas duas vão me enlouquecer!

Ele tirou o tênis, jogando o calçado longe, e se deitou na cama, puxando Luciana para junto dele. Os dois ficaram deitados, abraçados.

— Eu acho divertido.

— É porque não é com você. — Ele estremeceu. — Quase todo dia é essa loucura aqui, não aguento mais ouvir uma palavra sobre festa de casamento.

— Prometo que, quando chegar nossa hora, eu aceito fugir para Vegas — brincou Luciana, e se arrependeu no mesmo instante. Estavam juntos há quase quatro meses e era cedo para falar sobre casamento, além de os dois ainda não terem se formado, nem terem uma vida estabilizada. Não queria que ele achasse que ela o estava pressionando.

Douglas não pareceu se importar com o comentário da namorada e a abraçou mais forte.

— Que bom, não sei se aguento outra preparação de festa. Minha mãe adora, mas, cara... Quanto trabalho dá casar!

Eles ficaram em silêncio, curtindo o momento, até Douglas se levantar e entregar alguns folhetos para a namorada.

— O que é isso? — perguntou ela, se sentando na cama.

— Alguns papéis sobre depressão. Encontrei no Departamento de Psicologia da universidade.

— E o que você foi fazer no Departamento de Psicologia?

Ela o encarou e ele sorriu, constrangido.

— Estou preocupado com sua irmã, já te falei.

— Eu sei. — Ela balançou a cabeça. — Mas não posso forçar a Carol a nada.

— Sim, mas pode ir falando com jeito. Sabia que há uma espécie de clínica gratuita lá? Para os alunos treinarem.

— Você jura que a Carol vai fazer terapia com algum estudante da mesma faculdade que ela?

Douglas levantou os ombros, resignado.

— Não custa tentar.

Luciana folheou os papéis e leu alguns trechos. Quando tivesse uma oportunidade, ia mostrar para a irmã. Se tivesse alguma oportunidade. Talvez pudesse deixar algum pela casa para Carol encontrar "por acaso".

— Ok, posso tentar. — Ela guardou tudo dentro da bolsa e olhou o namorado. — Por acaso você conversou com o Breno?

— Quem?

— O tecladista do Gabriel Moura, que estuda na Universidade da Guanabara.

— Não, nunca conversei com o cara.

— Você não vai acreditar no que aconteceu hoje.

Luciana contou a estranha conversa que ela e a irmã tiveram com Breno mais cedo. Douglas começou a rir.

— Que cara esquisito. Será que ele não está dando em cima de você ou da Carol?

— Sei lá, cheguei a pensar nisso. Mas nunca conversamos com ele, mal o encontramos na universidade.

— Ele pode já ter visto sua irmã por lá, percebido que ela adora rasurar as músicas do chefe no caderno.

— Como você é bobo. — Luciana riu e Douglas voltou a se deitar. Ela colocou a cabeça no peito dele e o abraçou. — Eu fiquei pensando que, quem sabe, pode ser uma boa esse encontro. Pode ser que o fato de conhecer e conversar, mesmo que rapidamente, com um artista que a Carol adora surta algum efeito positivo nela.

— É, quem sabe isso a ajuda. É importante a pessoa fazer, ou tentar fazer, algo que gosta. E ela gosta dele. — Douglas alisou o braço da namorada.

— Você não se importa em conhecermos ele, né?

— Não, claro que não. — Ele beijou o topo da cabeça dela. — Acho legal vocês duas terem a chance de conhecer um cara que admiram. E tomara que a Carolzinha saia desse encontro melhor.

— Sim.

— Se não, qualquer coisa ela terá os braços do Rafa durante o show para protegê-la.

— Meu Deus, ele não está com esperanças nesse show, está? — Luciana levantou o rosto, preocupada.

— Não, ele sabe que não terá a menor chance. Ele só vai curtir mesmo, assim como eu.

— Ok, melhor ele não se iludir. Minha irmã me garantiu que não vai rolar mais nada entre eles, e a pior coisa que pode acontecer é o Rafael tentar ficar com a Carol durante o show do Gabriel Moura.

— Coitado. Pobre Rafa.

A vida, às vezes, pode nos surpreender quando menos esperamos e achamos que isso não é mais possível. Era o que Carolina pensava. Durante muito tempo acreditou ser impossível voltar a ser uma pessoa feliz, que conquistar seus sonhos e ter os desejos realizados estava longe de seu alcance. Sensações que ela uma vez nutriu até alguns meses atrás, mas que no meio do caminho ficaram perdidas.

Após a conversa com Breno, percebeu que, mesmo se ela estivesse em um momento ruim, algo muito bom poderia acontecer. Voltou a ficar claro em sua mente que a vida não era feita apenas de períodos tristes. Apesar de eles existirem, também havia épocas alegres. Compreendeu que, após uma tempestade, muitas vezes aparece um arco-íris. Sentimentos otimistas, que achou que jamais voltaria a experimentar, a dominavam ao entrar em casa.

Encontrou a mãe na cozinha e conseguiu ter uma conversa agradável durante alguns minutos, sem que as duas tocassem no assunto da *Foto* e uma nova briga começasse. Contou sobre o encontro que teria com Gabriel, e Verônica se mostrou interessada e feliz pelas filhas. Carol se sentiu muito bem, algo raro ultimamente. Estava um pouco mais leve, mais livre. Começava a pensar que, mesmo quando tudo parecia estar dando errado, sua vida poderia voltar ao normal um dia, assim como sua família. As adversidades, situações ruins, obstáculos existiam e continuariam existindo, mas coisas boas também acontecem.

Até seu quarto aparentava diferente naquela tarde, mais aconchegante. Não sentiu o sufocamento dos últimos meses, nem a vontade de se enfiar embaixo das cobertas e esquecer que o mundo ainda girava fora de seu casulo. Estava animada como há muito não ficava.

Entrou na internet, mas não sentiu necessidade de checar o fórum do Depressivos Anônimos, apenas o deixou aberto para contar a novidade à sua amiga de Macapá. Aproveitou para ver os e-mails, sites sobre Gabriel Moura e se atualizou a respeito das novas séries que começariam em breve.

Ao ver que a fã com quem conversava estava on-line, quis compartilhar a sua recente conquista com alguém que conhecia seus problemas intimamente, como uma forma de ela também saber que nem tudo é tristeza, que alegrias podem voltar a acontecer.

Carolina se sentiu novamente em harmonia com o mundo. A vida já não parecia tão sem sentido.

Do momento em que Breno enviou uma mensagem avisando que conversou com Carol e a irmã, até o instante em que ela apareceu no chat do Depressivos Anônimos, eu arrumei minha gaveta de meias três vezes.

As meias já estavam ajeitadas, todas separadas por cores e os pares enrolados em pequenos rolinhos, mas me senti tão agitado, aflito e eufórico que não sabia mais o que fazer. Até tentei escrever uma nova canção, mas minha cabeça era um turbilhão de pensamentos.

Carol nunca demorou tanto a ficar on-line, ou foi essa a minha impressão. Quando ela apareceu, eu queria saber logo como fora o encontro com meu tecladista, mas não podia já ir perguntando. Então enviei um "*como está hoje?*" para ver o que ela digitava, pois meu medo era que decidisse guardar para si o fato de que ia me conhecer. Eu precisava que ela compartilhasse a novidade com a fã de Macapá. E deu resultado.

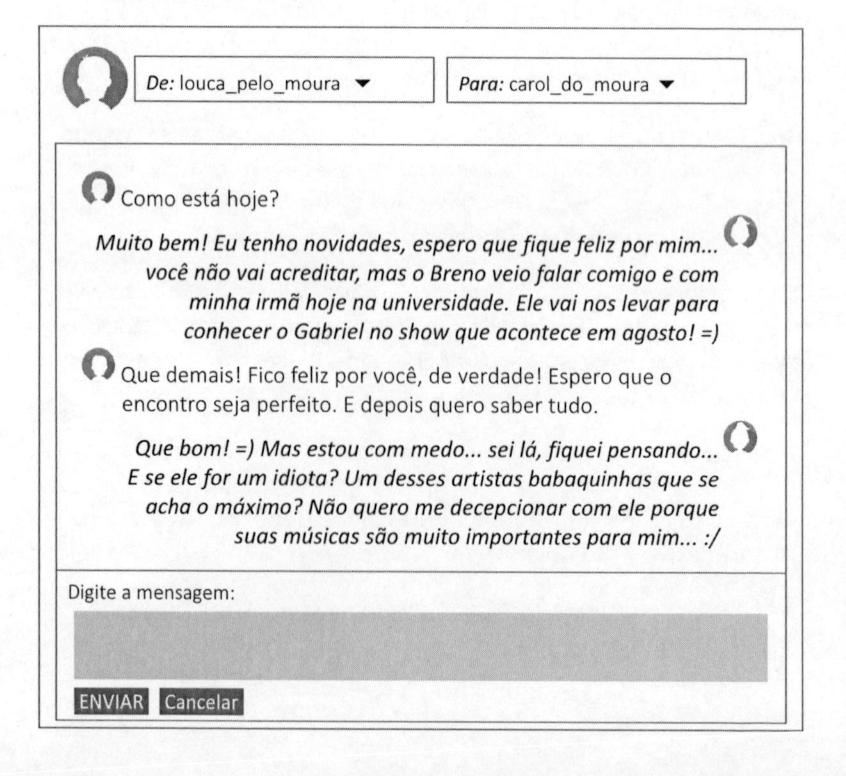

Fiquei piscando, lendo a mensagem que Carol enviou. Como assim, ela acreditava na possibilidade de eu ser um grosso estúpido?

Mas... E se eu realmente fosse um idiota e não soubesse? As pessoas que são idiotas de verdade não sabem que são assim, elas se acham legais, especiais, gente boa. E eu podia fazer parte dessa galera que se acha simpática, mas, na verdade, é bem imbecil. Eu não tinha muitos amigos para comparar; Igor me aguentava porque era da minha família; Emanuele me aturava porque gostava do meu irmão e Breno fazia parte da minha banda, então era meio que obrigado a gostar de mim, ou fingir isso muito bem.

Comecei a suar frio e tremer, pensando que talvez o encontro não desse tão certo quanto imaginava. Como ia fazer para não ser um babaca com Carol se eu já fosse um por natureza?

Capítulo 10

"Eu acho que você entenderá
Quando eu disser aquilo
Eu quero segurar a sua mão"

I Wanna Hold Your Hand, The Beatles

O melhor da festa é esperar por ela.

A vida inteira escutei minha mãe falar este ditado. Quando era mais novo, não entendia direito seu significado, mas, ao lançar meu primeiro álbum e começar a fazer shows pelo Brasil, concordei com o que ela dizia. Os preparativos, a expectativa pelo dia do acontecimento, seja uma festa, um show, um encontro, uma viagem, não há nada melhor do que curtir cada momento porque, quando ele chega, geralmente estamos tão envolvidos que a impressão que temos é de que passa rápido demais.

Mas não foi assim que me senti enquanto julho corria lentamente. Eu mal podia esperar pelo meu show e pelo encontro com Carol, mas me pareceu que os dias foram mais longos do que o normal e as horas se arrastaram. Tive crises de pânico que me deixaram dias no quarto, ao pensar na possibilidade de eu ser um idiota. Igor tentava me animar, só que nada adiantava. Queria ver Carol, mas não havia nada que eu podia fazer, apenas esperar as férias dela acabarem. O medo de ser um babaca não passava, mesmo Igor e Emanuele dizendo que eu era um cara legal. Fiquei na dúvida se estavam sendo educados ou com medo de eu surtar, por isso falavam o que eu desejava ouvir, e não a verdade.

Conversei com Carol quase todos os dias, falando amenidades e sobre a vida no geral. Ela não tocou mais no tema suicídio, mesmo eu tentando descobrir se ainda pensava nisso, e me senti aliviado. Aproveitei nossas trocas de mensagens ao longo do mês para convencê-la sutilmente de que Gabriel Moura não era um imbecil, embora por dentro ainda tivesse dúvidas sobre isso.

Também fui até a Universidade da Guanabara no primeiro dia de aula do novo semestre, depois de criar coragem para me sentar atrás do volante, mas não vi Carol por lá. O fato de ter de dirigir novamente, junto com minha ansiedade e o desespero de que algo tivesse acontecido com ela, me desgastou e passei o resto da semana enfiado no quarto. Ao encontrar Carol on-line, descobri que ela faltou ao início das aulas e isso me deixou ainda mais ansioso. Precisava vê-la mais uma vez. Com urgência.

Por isso, quando o dia da gravação do DVD chegou, eu estava uma pilha de nervos. Fiz Igor me levar mais cedo do que deveria para a casa de shows, com medo de perder o encontro com Carol. Antes de sair do nosso condomínio, chequei todos os quadros, para ter a certeza de que estavam na marcação certa. O bom é que encontrei várias duplas de carros azuis no caminho de lá até o lugar do show, que indicavam que o universo estava alinhado, apesar de Igor falar que isso não influenciaria em nada a minha noite. Não sei como ele e Emanuele conseguiram me aguentar o mês inteiro, mas talvez seja porque não tinham outra opção. Talvez eu fosse mesmo um idiota.

— Como estou? — perguntei para Emanuele ao entrarmos no camarim.

— Está ótimo — respondeu ela e ficou analisando meu visual. Eu estava todo de preto: calça, blusa, jaqueta de couro. Ela balançou a cabeça, aprovando.

— E se ela me achar um babaca?

— Duvido muito — disse Emanuele, se sentando em um sofá que havia ali.

— Seja você mesmo — respondeu Igor. — Ou seja alguém legal que você gostaria de ser — brincou ele e fiz uma careta.

— Não está ajudando muito.

Comecei a andar de um lado para o outro e Igor me segurou pelos ombros, olhando nos meus olhos.

— Respire — disse ele. — Tente se acalmar, não vai ser bom para você, nem para a garota, se ela te encontrar assim.

Ele continuou me olhando e mostrando como eu devia respirar. Acompanhei seu ritmo, inspirando e expirando devagar. Ficamos assim por alguns minutos, em pé no meio do camarim, até eu sentir meu coração desacelerar. Aos poucos, fui me acalmando e me sentei ao lado de Emanuele, que pegou minha mão.

— Vai dar tudo certo. Afinal, você está fazendo isso tudo por ela.

Sorri. Ela tinha razão, mas não ajudou muito, porque comecei a entrar em pânico ao ter certeza de que eu era louco, não devia ter feito um show só para conhecer uma garota. Meu peito ficou apertado e coloquei a cabeça entre as pernas, tentando refazer o trabalho de respiração.

— Droga — disse Igor, se sentando ao meu lado no lugar em que Emanuele estava.

— Você devia ter me impedido — disse para Igor, com a voz falhando. Ele começou a esfregar minhas costas com força.

— Eu não sabia o motivo real desse show. Mas, no final, foi bom, por causa do DVD. E vai ser bom porque você vai poder conversar com a menina. Respira, fica calmo.

Fiquei ali, respirando com a cabeça baixa e tentando não pensar em nada. Emanuele pediu desculpas várias vezes, e tentei explicar que não era sua culpa eu ser um paranoico obsessivo. Não sei se funcionou muito.

E quando estava conseguindo voltar ao normal, Breno entrou no camarim, disse que ia buscar as meninas e eu voltei a entrar em pânico.

Para desespero de Igor.

O lado de fora da casa de shows estava bastante movimentado quando Carolina e Luciana chegaram, acompanhadas de Douglas e Rafael.

Eles foram um pouco antes para lancharem por ali. Carolina ficou com medo de perder a hora de encontrar Breno, e Luciana e Douglas decidiram chegar com antecedência, para que ela pudesse curtir todo instante que aquela noite ia lhe proporcionar, sempre na tentativa de deixá-la mais animada.

— Que horas vocês vão encontrar o cara? — perguntou Douglas, terminando de comer um hambúrguer.

— Pensei em mandar uma mensagem agora, falando que já estamos aqui. Quem sabe ele leva a gente de uma vez? — comentou Luciana. Carolina balançou a cabeça, concordando.

— Será que o cara é legal ou é um desses artistas nojentinhos? — perguntou Rafael.

— Espero que seja gente boa — disse Luciana, digitando a mensagem para Breno.

Carolina usava uma calça jeans, a única que não ficava muito larga desde que começou a emagrecer após o episódio da *Foto*, e customizou a camiseta branca que comprou no primeiro show da turnê, com uma foto preta e branca de Gabriel cantando estampada na frente e, acima, em letras vermelhas, lia-se grande *O Abismo*. Ela cortou as mangas, a gola e a bainha da extremidade inferior, deixando a blusa caída no ombro esquerdo, onde não havia tatuagem alguma. Por baixo, vestiu um top de ginástica preto.

Estava calada, mais do que o normal. Tentava aparentar naturalidade, mas por dentro seu coração permanecia disparado. Mal podia acreditar que ia conhecer e falar com seu ídolo, mas o comentário de Rafael a deixou inquieta. Desde a conversa com Breno, ela pensava a respeito de como Gabriel seria. E se ele fosse um arrogante que se achava superior aos outros? Ela duvidava pelo que via em entrevistas, mas sabia que muitos artistas conseguiam passar uma imagem falsa para o público, e por trás das câmeras eram bem diferentes do que os fãs sonhavam. Trocara algumas mensagens a respeito de suas dúvidas e aflições com a fã de Macapá, que lhe garantiu duvidar de que Gabriel fosse nada além de um dos caras mais legais do mundo, mas ela podia estar errada, cega por seu amor pelo cantor.

Ela controlou a vontade de roer o canto das unhas quando o celular de Luciana tocou, e a irmã disse que era Breno. Mal conseguiu prestar atenção à conversa e se levantou, automaticamente, quando Luciana fez o mesmo.

— Quando saírmos de lá, eu te ligo para saber onde vocês estão — disse Luciana, dando um beijo rápido em Douglas.

— Ok. De qualquer forma, levem os ingressos de vocês, para o caso de nos separarmos. Aí nos encontramos lá dentro. — Douglas entregou os ingressos e abraçou a namorada.

Carolina respirou fundo e sentiu a mão de Rafael em seu ombro.

— Boa sorte — disse ele, sorrindo, e Carolina retribuiu.

As garotas se afastaram e Luciana pegou a mão da irmã.

— Muito nervosa? Eu estou!

— Estou uma pilha, Lu — sussurrou Carolina.

— Imagino. Mas relaxa, ele é um cara legal, não tem como não ser.

— Parece um sonho. Nem acredito que vou conhecer o Gabriel Moura — disse Carolina, sentindo o coração pular de alegria e tentando controlar o tremor que atingiu seu corpo.

Era isso, havia chegado o momento pelo qual tanto esperei. Com muita dificuldade, fiz Igor e Emanuele saírem do camarim. Os dois queriam ficar para verem de perto quem era a misteriosa garota que tirou meu sono durante um mês, mas consegui convencê-los de que seria melhor se o cômodo não estivesse cheio. Eles poderiam intimidar as duas.

Igor protestou um pouco, mas quando sugeri que ficaria mais calmo sem os dois ali, analisando cada palavra que sairia da minha boca, ele aceitou me deixar sozinho.

Quando me vi solitário naquele camarim, o pavor voltou a me dominar e a pressão no peito aumentou. Fechei os olhos, tentando me acalmar, e contei até dez, para ver se a ansiedade diminuía. Não melhorou muito, mas ajudou um pouco. Abri os olhos e me vi parado no meio do cômodo, sem saber o que fazer. Tentei me controlar para não entrar ainda mais em pânico e coloquei minha cabeça para trabalhar.

Eu me sentei na cadeira que havia em frente ao espelho, mas achei que seria muito clichê elas me encontrarem ali. E também muito vaidoso, porque pareceria que estava me admirando, o que eu menos queria fazer naquele momento, pois achava que minha aparência estava péssima. Eu me levantei e olhei em volta, suando frio. Decidi tirar a jaqueta de couro, não queria que Carol me abraçasse e eu estivesse todo molhado de suor. Nojento.

Fui para o sofá e achei melhor porque dava um ar casual. Pus o pé esquerdo em cima do joelho direito, estiquei os braços no encosto e fiquei ali, tentando parecer relaxado. Mas foi só ouvir uma batida na porta para meu coração disparar. A maçaneta girou e vi Breno colocar a cabeça para dentro do camarim e me cumprimentar. Ele deu espaço para que as meninas entrassem e prendi a respiração.

Elas eram muito parecidas e diferentes ao mesmo tempo. A irmã, que se chamava Luciana, usava o cabelo castanho cortado na altura do ombro e tinha um semblante mais tranquilo. Ela entrou primeiro e me deu um abraço apertado. Depois foi a vez de Carol, que descobri ser Carolina, se aproximar. Nunca havia entendido o sentido da frase "*tudo pareceu se mover em câmera lenta*" até aquele instante. Do momento em que nossos olhos se cruzaram até ela vir parar nos meus braços, pareceu ter se passado uma eternidade.

Carol colocou as mãos em volta do meu pescoço e envolvi sua cintura, torcendo para que não percebesse o quanto eu tremia. Acho que ela também estava tremendo, então não teve problema. Uma descarga elétrica pareceu tomar conta de mim assim que nossos corpos se uniram, em um abraço apertado e demorado, e não me importei se Breno e Luciana perceberam. Ela sussurrou em meu ouvido "*Obrigada pelas suas músicas, elas me fazem muito bem*", e enterrei o rosto em seus cabelos, inspirando seu cheiro.

Ficamos um tempo unidos, até eu me obrigar a me afastar, para não dar muito na cara. Breno fez um comentário que não ouvi e saiu do camarim, me deixando ali com as duas. Carol não parava de me encarar e eu a olhava com a mesma intensidade, e não sei se ela percebeu. Após alguns segundos de um silêncio estranho, arranhei a garganta.

— Breno me disse que vocês curtem a minha música — disse, e sei que a frase foi ridícula, mas não sabia mais o que falar. "*Olá, sou eu quem conversa com você no fóum do Depressivos Anônimos*" estava fora de cogitação.

— Sim, desde o primeiro álbum — respondeu Luciana, e me obriguei a tirar os olhos de Carolina para encarar sua irmã e sorrir. — A Carol é ainda mais sua fã do que eu.

— Lu! — gritou Carol, e eu ri.

— Que bom — disse, e voltei a olhá-la. Ela sorriu de volta, um pouco constrangida.

— Não vejo problema em ele saber, é verdade — comentou Luciana para sua irmã, antes de voltar a me olhar. — Ela fica o dia todo escutando suas músicas, e fazendo anotações sobre diversos significados diferentes que podem haver em cada frase das canções.

— Lu! — gritou Carolina, de novo, dessa vez com mais censura na voz.

— Ah é? Que interessante — disse eu, pegando a mão de Carol e a segurando firme. Ela se espantou e sorriu novamente para mim e eu retribui. — E qual é a sua música preferida? — perguntei, já sabendo a resposta.

— *O Abismo*.

— Sério? É a minha também — comentei, ainda segurando sua mão. — Esta noite cantarei *O Abismo* para você — disse e já ia dar um beijo em sua bochecha quando parei. Ela não entenderia nada e não queria passar a imagem do cantor idiota que dá em cima de toda fã que aparece na sua frente.

— Que legal, ela vai adorar — disse Luciana, e tive de me controlar para não rir. Eu queria abraçá-la e agradecer por seu cuidado com a irmã. Era visível sua intenção de deixá-la feliz e tornar aquela noite ainda mais especial. Fiquei feliz por Carol ter alguém ao seu lado, ajudando-a a melhorar, e por eu ter Igor. Fiz uma anotação mental para tentar ser menos chato com ele.

— Obrigada — disse Carolina. Ela olhou nossas mãos ainda unidas e hesitou, antes de continuar baixinho. — Eu posso tirar uma foto com você?

— Claro! — disse, e ela levantou o celular.

Tiramos algumas *selfies* e a cada segundo eu abraçava Carolina ainda mais forte. Após alguns cliques eu chamei sua irmã para se juntar à gente.

— Você pode autografar também a minha camisa? — perguntou Carolina, um pouco sem graça, e achei adorável o fato de ela ter ficado com vergonha de pedir um autógrafo.

— Com o maior prazer — respondi, com sinceridade. — Aliás, adorei o que fez com ela.

Peguei uma caneta hidrográfica que Emanuele colocou no camarim junto aos *cards* que ela fez. Aproveitei e, antes, autografei dois *cards* e entreguei para as meninas. Depois escrevi meu nome em cima da minha foto na camisa, entre o ombro e o pescoço de Carol, e foi um momento mágico. Eu estava muito próximo dela, sentindo sua respiração em meu rosto. Quando terminei de autografar, levantei os olhos e a encarei por alguns segundos, percebendo Carol prender a respiração. Estávamos com a boca a centímetros de distância e eu só pensava no quanto queria beijá-la. Mas resisti ao meu impulso e fiz Carolina se virar de costas. Na parte de trás da camisa, escrevi um recado:

Carol,
Que sua vida
seja intensa!
Beijos,
Gabriel Moura

Fechei a caneta com a tampa e Carolina se aproximou do espelho, tentando ler o que eu escrevi. Ela sorriu para mim e Luciana tocou meu braço de leve.

— Muito obrigada — disse ela e quase pude ver lágrimas em seus olhos.

As irmãs se olharam, felizes, e fui até onde os *cards* estavam e peguei duas palhetas personalizadas com minha logo.

— Para vocês. É uma recordação boba, mas espero que gostem — disse, entregando uma para cada.

— Boba nada, adorei! É linda, não é, Carol? — comentou Luciana, dando um esbarrão de leve no ombro da irmã.

— Sim. É maravilhosa. Muito obrigada — respondeu Carol. — Não quero abusar, mas se puder me dar mais um *card*, para uma amiga...

— Claro — respondi, mas não sei se minha voz tremeu. Que amiga? Seria a de Macapá? Senti um frio na espinha e tentei não entrar em pânico. Não aguentava mais entrar em pânico. Mas logo relaxei, era neurose demais pensar que ela pediu algo para alguém que mora longe e nem conhece. Provavalmente quis presentear alguma pessoa do Rio mesmo.

Ainda bem que Luciana estava junto porque ela deu prosseguimento à conversa, me livrando de um colapso nervoso. Depois que entreguei a palheta, Carolina ficou mais calada e eu também. Conversamos um pouco sobre a vida das garotas, que me contaram que Luciana estudava Marketing e Carol era do curso de Arquitetura, moravam na Tijuca com os pais e o namorado de Luciana estava esperando por elas para assistir ao show, junto com um amigo. Senti um pouco de ciúme e raiva ao perceber que o amigo podia ser Rafael, e até joguei uma piadinha do tipo: "*não vale me trair durante* O Abismo", que foi a coisa mais patética que poderia falar naquela noite, mas ela balançou a cabeça energicamente. Percebi que o tal do Rafa não tinha mais chances e respirei aliviado.

Naquela noite, mesmo que à distância, Carol seria apenas minha.

Gabriel Moura era tudo o que Carolina sempre sonhou e um pouco mais. Ele foi sedutor sem se forçar a isso, além de alguém atencioso. Apesar de desconfiar de que era assim com todas as fãs, ela se sentiu especial naqueles poucos minutos em que ficou ao seu lado. Quando o encontro chegou ao fim, sentiu um pouco de tristeza por ter de sair de perto dele.

— Espero que você curta muito meu show — disse ele, ao abraçá-la em despedida. Gabriel a apertou forte e Carolina pensou que seu coração ia sair pela boca de tanta felicidade.

— Eu vou sim.

— Espero que você se sinta bem e feliz por muitos dias — sussurrou ele em seu ouvido, e parecia que a conhecia desde sempre. Ela concordou com a cabeça enterrada em seu peito, e o afastou com relutância para que Luciana se despedisse do cantor também.

No momento em que iam sair do camarim, Igor entrou e pareceu a Carolina que ele analisou as duas um tempo muito longo. Ela teve a impressão de que Gabriel ficou um pouco nervoso com a presença do irmão. Igor foi simpático e Breno acompanhou as duas até a saída.

Ao se afastarem dele e se encaminharem para a entrada da casa de shows, Luciana parou e segurou Carolina.

— Ok, isso foi muito...

— Sensacional? — perguntou Carolina, contente como há muito não se sentia.

— Sim. E estranho. Carol, eu posso jurar que ele estava te dando mole!

— Claro que não! — disse Carolina, embora desejasse que a irmã estivesse certa.

— Ele foi muito atencioso com você. E quando digo muito, quero dizer além do que seria normal.

— Ele deve agir assim com todas as fãs que conhece. — Carolina deu de ombros, tentando não pensar no assunto, afinal, não voltaria a encontrar Gabriel novamente.

— Ele não foi tão fofo comigo quanto foi com você.

— Você foi logo dizendo que tem namorado. E ele não ia ser sedutor com nós duas, né? Seria muito feio.

— Não, não, desde que entramos lá que ele agiu diferente com você. Ele não me abraçou tão demoradamente.

— Você está imaginando coisas.

— Sei. Não vai ser para mim que ele cantará *O Abismo*. — Luciana piscou o olho, sorrindo para a irmã.

— Para de besteira.

— E para quem é esse *card* a mais que você pediu? Para a Sabrina?

— Não, para uma amiga de Macapá — disse Carolina, tentando aparentar naturalidade.

— Macapá?

Carolina hesitou e planejou uma desculpa rápida. Estava tão envolvida com o clima gostoso do encontro, que nem se preocupara com o que a irmã acharia de ela ter pedido um *card* adicional.

— A gente conversa em um fórum sobre o Gabriel.

— Ah, que legal, nem sabia que existia um. Depois me dá o endereço.

— Ok — respondeu Carolina, sentindo o peito ficar apertado. Balançou a cabeça, empurrando para longe as sensações ruins. Conhecia a irmã e sabia que no dia seguinte ela não se lembraria mais do fórum de fãs.

— Eu sei que já falei, mas o encontro foi muito estranho. E muito bom.

— Vai ficar repetindo isso? — comentou Carolina, voltando a sorrir e a relaxar.

— Sim, vou. Ele te deu mole! Ele te deu mole! — cantarolou Luciana, arrancando gargalhadas da irmã.

— Como você é boba! Agora vamos encontrar os meninos — disse Carolina, encerrando o assunto, mas por dentro havia uma banda de música tocando em seu peito. Ela passara com Gabriel os momentos mais felizes dos últimos meses.

Foi muito rápido, era o que eu pensava após Carol e a irmã saírem do camarim. E não pude fazer nada, não havia como segurá-las ali por mais tempo sem revelar quem eu era. Bem, quem eu fingia ser na internet.

Igor interrompeu a conversa com as meninas avisando que os fãs, que ganharam um sorteio feito por uma rádio, chegaram para as fotos. Eu me despedi de Carol com o coração apertado e tentei lhe transmitir uma mensagem de ânimo, mas não sei se tive sucesso. Esperava que o fato de ter me conhecido a deixasse bem por alguns dias. Mesmo que, analisando com frieza, a frase fizesse parecer que meu ego era imenso. A verdade é que eu me preocupava com ela.

— E aí? — perguntou Igor, quando as meninas saíram.

— Ela é perfeita — disse baixinho. Ele riu, uma risada alegre, eu acho.

— Que bom. Fico feliz por você ter tido a ideia do show, está sendo um sucesso. Também gostei de te ver animado por algo diferente, sabe, essa menina aí que conheceu mexeu com você... Mas agora foque no espetáculo porque temos um DVD para gravar.

— Obrigado por ter me ajudado — disse. Se meus braços não estivessem ainda quentes do calor de Carolina eu poderia até abraçá-lo. — De verdade.

Encontrei os fãs, recebi presentes, tiramos várias *selfies* e conversamos animadamente. Decidi deixar Carol fora do meu pensamento, para me entregar a quem estava ali para me ver naqueles minutos. Eu ainda teria muito tempo para pensar nela.

E foi o que eu fiz durante o show. Aquela noite era dela, mas não podia falar isso com Carol, nem com ninguém. Só com Igor e Emanuele, mas não sabia direito suas impressões reais sobre o que estava acontecendo comigo. Apesar das palavras que Igor me falou, fiquei com medo de ele surtar quando tivesse a certeza de que Carol se tornara minha nova fixação.

Fiz o show pensando em Carol e acho que saiu tudo bem. Cantei *O Abismo* com todo o meu coração sendo colocado em cada palavra, e acredito que foi minha melhor apresentação da música. Quando estava chegando ao fim e a hora de tocar *Minha Louca Obsessão* se aproximou, tive uma ideia. O palco ficou escuro, apenas um jato de luz estava em cima de mim.

— Tudo bem com vocês aí? — perguntei ao microfone, e a plateia gritou em resposta. — Que bom. — Sorri e peguei uma garrafinha de água que colocaram para mim ao lado da bateria. Voltei ao microfone. — Alguém aí tem uma obsessão? — perguntei, e dedilhei a introdução de *Minha Louca Obsessão* na guitarra, levando a plateia ao delírio. Parei de tocar. — Eu estou obcecado nos últimos meses e não sei o que fazer. É essa garota, sabe, ela tem tirado meu sono — disse, deixando novamente a plateia enlouquecida. Meus fãs achavam que a música era sobre um grande amor, e não havia mal pensarem que era verdade. Naquele momento ERA verdade. Tomei um gole de água. — O pior de tudo é que ela nem desconfia do que sinto. — Fiz uma cara triste e escutei alguns lamentos solidários na plateia. O que será que Carolina estava pensando sobre minha performance? Provavelmente nada porque não sabia que eu falava dela. — Essa garota não sai da minha cabeça, estou ficando maluco. Ela é minha louca obsessão.

Ao dedilhar novamente a introdução da música, sussurrei *"eu preciso de você"* ao microfone, mas não sei se alguém ouviu. Eu só desejava que ela tivesse escutado.

Capítulo 11

"Angie, eu ainda te amo,
lembra-se de todas aquelas noites em que choramos?"

Angie, Rolling Stones

O encontro com Gabriel Moura e o show foram perfeitos. Carolina parecia pisar nas nuvens, e pensou que talvez tudo pudesse ficar para trás. Ao se lembrar dos acontecimentos ruins no final do ano anterior, seu peito já não doía tanto e ela tinha a certeza de que o responsável por isso era Gabriel. O fato de ele tratá-la como alguém especial aplacou o sofrimento que existia dentro dela.

A empolgação que sentiu durante o show, quando ele cantou *O Abismo*, se estendeu pelos dias seguintes. Ela se sentiu única e importante durante a execução da música, sabendo que entre a multidão que lotou a casa de shows, aquela canção era sua. A apresentação foi linda, levando lágrimas aos olhos de Carolina. Guardaria para sempre na memória aquele instante, os minutos exclusivos que tivera, tanto no camarim quanto no show.

Apesar de ter ficado um pouco com ciúmes da garota para quem ele dedicou *Minha Louca Obsessão*, isso não a incomodou tanto quanto poderia em outra ocasião, já que também teve uma música em sua homenagem. Ficou se perguntando quem seria a sortuda que, ao mesmo tempo que conquistou o grande astro, nem sonhava ser a dona do coração dele. Esperava que fosse alguém que soubesse retribuir o carinho que ele claramente tinha pela misteriosa menina.

Ao acordar no dia seguinte, encontrou ânimo para lavar com cuidado a camiseta, para não desbotar o autógrafo. Sua mãe quase pegou a roupa de suas mãos para lavar, mas Carolina impediu, pois sabia que ninguém seria tão caprichosa quanto ela. As palavras que ele escreveu na parte de trás da camisa se encaixavam em sua vida, Gabriel parecia conhecê-la bem. Era muito bom admirar alguém assim. Ele era tudo o que ela sonhou, e agora suas músicas se tornaram ainda mais extraordinárias em sua visão.

Ao se juntarem a Douglas e Rafael, antes de o show começar, Luciana contou nos mínimos detalhes o encontro com Gabriel. Douglas se mostrou feliz pela cunhada, e até fez brincadeiras a chamando de Carolina Moura, e sobre ela ser a nova paixão do cantor quando ele fez o discurso antes de *Minha Louca Obsessão*. Sabia que não foi sobre ela que ele falou, mas gostou de ouvir as palavras vindas de Douglas.

— Ainda bem que ele não é um bobão — disse Rafael em seu ouvido, pouco antes de o show começar.

Depois disso, ele se manteve à distância, percebendo que naquela noite Carolina era toda de Gabriel. Ela se sentiu aliviada por ele não ter tentado nada e, aparentemente, ter aceitado o fato de serem apenas amigos.

Assim que chegou em casa, Carolina enviou uma mensagem para a amiga virtual dizendo que "*Gabriel é um fofo, o cara mais sensível do mundo. Ele é perfeito e sou cada vez mais fã de seu trabalho*", mas não deu maiores detalhes, quis contar tudo quando as duas estivessem on-line ao mesmo tempo.

Pensando em conversar com quem entenderia toda a mistura de sentimentos que havia dentro dela, abriu o site do Depressivos Anônimos no domingo à tarde, para esperar a amiga entrar e foi até a sala, falar com a irmã.

Encontrou Luciana na cozinha, em frente ao fogão, com Douglas, fazendo pipoca.

— Decidiu usar a pipoqueira? — perguntou Carolina.

— Sim, não quis pipoca de microondas hoje. Afinal, pipoca feita na panela fica muito mais gostosa — respondeu Luciana.

— Fica mesmo. — Carolina abriu a geladeira e pegou um copo de água. — Cadê nossos pais?

— Foram na casa da vovó. Você estava no banho, mas eu disse à mamãe que você ia ficar em casa, imaginei que não ia querer ir junto.

— Não mesmo. — Ela pôs o copo na pia depois de beber a água. — Vão ver algo na televisão?

— Filme, como sempre — respondeu Douglas.

— Podem me chamar quando estiver no ponto — comentou Carolina.

Luciana e Douglas se encararam, espantados.

— Que bom! — disse Luciana. — Vejo que a paquera do Gabriel te deixou mais animada e menos reclusa — comentou, para em seguida se arrepender.

Carolina fez uma careta para a irmã e tentou não ficar com raiva do comentário.

— Para de bobagem.

— Estou falando a verdade — disse Luciana. — Ele te deu muito mole. Quase fiquei com inveja.

— Ei, estou aqui! — protestou Douglas, e Luciana beijou sua bochecha. Ele olhou Carolina. — Essa é a minha cunhada, arrasando o coração de um cantor famoso.

Douglas fechou a mão e estendeu para Carolina dar um soquinho em cumprimento. Ela começou a rir e encostou sua mão fechada na dele.

— Como você é bobo! E ele não me deu mole, apenas foi simpático. Como deve ser com todas as fãs.

— Ok, Carol Moura. Até que o nome combina — disse Douglas. — Vê se não esquece da gente quando começar a viajar em turnê com o astro do rock.

— Quanta besteira — disse Carolina, balançando a cabeça, rindo e saindo da cozinha.

— Viu, eu falei que ela estava diferente. Até filme com a gente quer assistir — comentou Luciana, feliz.

— Isso é bom. Seus pais fizeram algum comentário sobre a mudança de humor dela?

— Claro que sim — disse Luciana, revirando os olhos enquanto mexia a pipoqueira. — Falaram que sabiam que ela não estava com depressão, que era uma fase e ia passar, que eu me preocupo à toa, essas coisas.

— Complicado.

— Nem fala, Douglas. Cansa, viu? Eu sinto como se estivesse esmurrando uma parede, os dois não me ouvem e acham que não tem nada de errado com a Carol. Ainda mais agora, que ela está um pouco mais feliz. Eu sei que ela melhorou, e espero que o encontro ontem com o Gabriel tenha resolvido toda a tristeza dela, mas preciso ficar de olho.

— Sim, não vamos descuidar, estou com você nessa. E estou confiante de que ela saiu de vez do desânimo em que estava. — Ele se aproximou da namorada e a abraçou, atrapalhando um pouco o processo de fazer a pipoca, mas Luciana não se importou. — Fico contente em ver Carolzinha sair do quarto para ver TV com a gente. Pelo menos algo bom esse Gabriel Moura fez — brincou.

Por muito tempo, Igor pensou que seu irmão podia ser um caso perdido, embora não quisesse admitir isso. Ele lutava para fazer Gabriel voltar a ser como era quando mais novo: um garoto sem obsessões que, apesar de não ter tantos amigos, saía de vez em quando e era mais extrovertido.

Havia dias em que tentava não estourar e gritar com o irmão. Tinha consciência de que as manias que a mãe colocara na cabeça de Gabriel o deixavam mal. Percebia que o irmão queria melhorar, embora as obsessões e compulsões fossem mais fortes do que ele.

E o pior de tudo é que Igor entendia perfeitamente. Durante anos sofreu ao tocar em maçanetas de lugares públicos, até trabalhar tanto a cabeça para saber que não morreria caso encostasse a mão onde outras milhares haviam passado antes. Mas não conseguia desculpar a mãe por ter arruinado o banho de piscina para ele. Se não tivessem uma em casa, provavelmente jamais voltaria a entrar em uma piscina na vida.

Ele entendia a obsessão da mãe. Ela sofria de bipolaridade e seu humor variava como as mudanças climáticas. Durante dias estava eufórica, trocando móveis de lugar e inventando programas familiares para, na manhã seguinte, acordar sem ânimo e ficar semanas na cama, sem vontade de fazer nada, além das crises de fúria que surgiam a qualquer momento sem motivo algum. Ele só se ressentia com o fato de ela ter prejudicado tanto Gabriel, e também se culpava por não ter tido a iniciativa de cuidar do irmão quando começou a perceber o quanto ele estava sendo afetado. O pai também não fez nada, o que o irritava, pois ficou assistindo à casa desmoronar e sua família ficar danificada. Agora Igor tentava consertar tudo, mas o estrago já estava feito. Esperava que o pai pudesse ajudar a mãe na Suécia, sentindo que era sua obrigação fazer o mesmo por Gabriel.

E o surgimento de uma garota na vida do irmão podia ser o que Igor sempre buscou ou, pelo menos, era essa a opinião de Emanuele. Eles estavam no sofá, ouvindo música, e há horas ela falava sem parar, tentando convencê-lo a ajudar Gabriel.

— Eu não sei... O que podemos fazer? — perguntou ele, com a cabeça deitada no colo da namorada.

— Sei lá. Arrumar um modo de eles se conhecerem — respondeu Emanuele, pela quinta vez.

— Eles já se conhecem.

— Você entendeu. — Ela baixou a cabeça e deu um beijo de leve na testa de Igor. — Você viu o quanto ele ficou diferente depois que a encontrou.

— Sim, parecia outra pessoa. Parecia o Gabriel de antes. — Igor sentiu uma nostalgia tomar conta dele.

— Então é dela que ele precisa. E da nossa ajuda. Ora, vamos, Igor, você sempre fala que quer que seu irmão fique curado, aí quando a milagrosa cura aparece, fica reticente?

— Ok, ok, você está me convencendo. — Ele se levantou e acenou para Gabriel, que desceu as escadas e ia em direção à cozinha. — Vem cá na sala um instante — chamou.

Gabriel se aproximou e encarou os dois.

— Vamos pedir comida chinesa. Topa? — perguntou Emanuele.

— Sim, pode ser — disse Gabriel, de pé em frente a eles.

— Senta aí — disse Igor, esperando Gabriel se acomodar na poltrona próxima ao sofá. — Nós percebemos que o encontro com Carolina te fez bem ontem.

— Ela é uma fofa — disse Emanuele.

— Você nem conversou com ela — comentou Gabriel.

— Deixa de ser grosso, garoto — respondeu Igor, e Gabriel riu. — Bem, estamos aqui conversando sobre o efeito que o encontro com a garota teve sobre você.

— Ai, não, nem começa — disse Gabriel, se levantando e ameaçando sair da sala.

— Calma aí! — gritou Igor, chamando o irmão de volta. — Nem deixa a gente terminar de falar. O que estou dizendo é que é algo bom.

Gabriel cerrou os olhos e encarou os dois, voltando a se sentar lentamente na poltrona.

— Seu irmão está se enrolando todo. Eu disse a ele que gostei da menina e de como ela te afetou positivamente. Acho que podemos te ajudar.

— Como assim? — perguntou Gabriel, parecendo desconfiado.

— Ajudar você a conhecer a garota melhor, não apenas como um cantor e sua fã. Só precisamos encontrar um modo de você vê-la mais vezes — disse Igor, e Gabriel se espantou para, logo em seguida, abrir um sorriso.

— Sério?

— Vamos com calma, mas sim. E agradeça a Emanuele, que me fez ver o quanto essa garota pode te fazer bem.

— Vocês dois são o máximo! — disse Gabriel, se aproximando do casal e hesitando antes de abraçá-los. — Desculpa, não sou bom nisso — comentou, sem graça.

— Estou tentando criar alguns planos, vamos ver se você concorda com algum deles — disse Emanuele, e começou a contar a Gabriel o que estava em sua cabeça.

Entrei no meu quarto empolgado. Acho que é a palavra certa para me descrever no dia seguinte ao show. Só pensava em Carolina, mas às vezes parecia um pouco doido tudo o que aconteceu comigo. Saber que Igor e Emanuele estavam ao meu lado tirou um peso dos ombros.

Para minha surpresa, meu irmão estava disposto a me ajudar, o que era bom, porque eu precisava de alguém com a cabeça no lugar para isso. Igor e Emanuele seriam grandes cupidos e conselheiros, ou então eu faria alguma besteira e colocaria tudo a perder. Minha cunhada já traçava planos para uma viagem imaginária da garota de Macapá ao Rio de Janeiro, assim podia marcar um encontro com Carol. Eu duvidava se isso daria certo, mas não era a pessoa mais indicada para pensar em algo melhor.

Ainda não encontrara Carol on-line. Ela enviou uma mensagem quando chegou do show, mas desconectou antes que eu entrasse na internet. Depois de jantar com meu irmão e Emanuele e dos planos traçados, corri para o notebook e lá estava ela. Meu coração disparou ao começarmos a conversar, e fiquei feliz quando ela disse que acabara de assistir a um filme com a irmã. Parecia diferente, apesar de ela já estar no quarto teclando com alguém depressivo em um fórum sobre o assunto.

Mal enviei uma mensagem de "*conte tudo sobre o Gabriel*", e Carol começou a digitar, narrando sobre o encontro. Eu estava muito curioso para saber como tudo havia sido do seu ponto de vista.

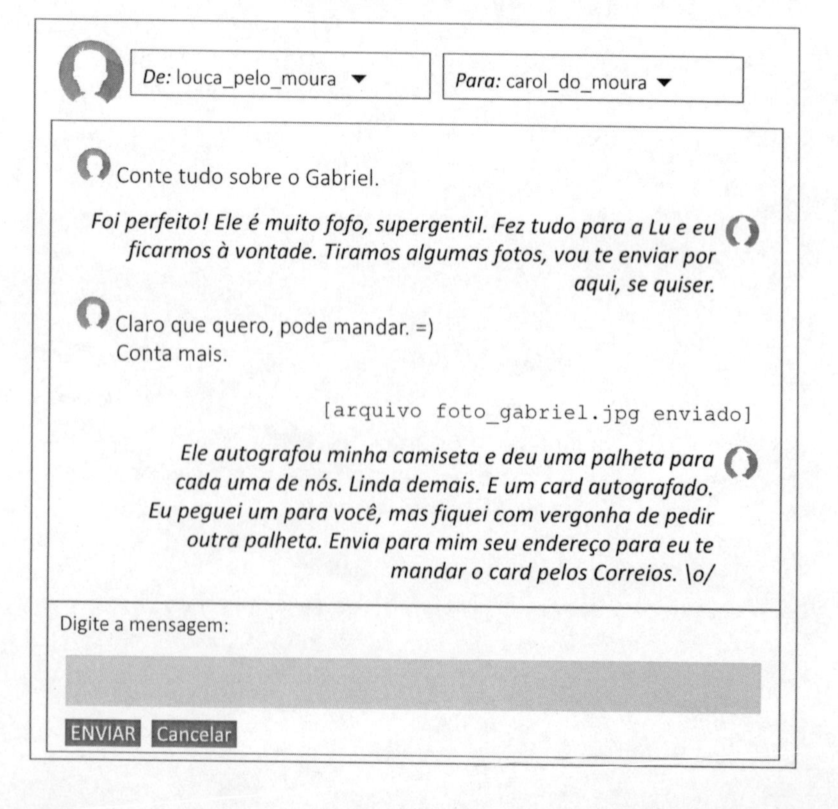

Estou ferrado, pensei, o pavor tomando conta do meu corpo. Comecei a suar frio, minhas mãos tremiam e minha vista ficou embaçada. Precisava dar uma desculpa ou então ela acharia estranho. Se negasse dar meu endereço, Carol poderia achar que eu era um maníaco se passando por uma fã minha. Ok, pensando na frase, acho que eu era, porque já tentava bolar um plano de alugar uma caixa postal em alguma agência dos Correios de Macapá, embora não soubesse como fazer isso. Ou poderia dar o endereço de um hotel, sem dizer que era hotel, fingindo ser minha casa, e ir até lá e ficar hospedado até o *card* chegar. Abri uma janela para pesquisar hotéis em Macapá com os dedos tremendo ao digitar.

Não, calma, respira, pensei, tentando relaxar, olhando a foto que Carol me enviou. Era uma das *selfies* que tiramos, ela e eu juntinhos e felizes, rostos colados e sorrisos estampados, a alegria transbordando em todas as cores. Fiquei contente por Carol ter me enviado, assim podia guardar uma recordação para olhar todos os dias. E isso me acalmou de verdade, e pensei que talvez não fosse tão ruim ela pedir o endereço. Eu me lembrei da ideia de Emanuele e joguei para ver o que Carol diria. Estava na expectativa de ela achar o máximo, o que aconteceu, para minha felicidade.

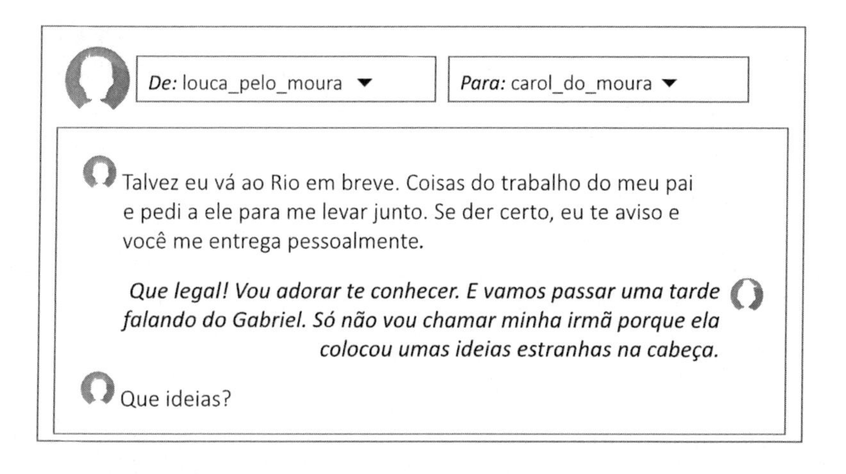

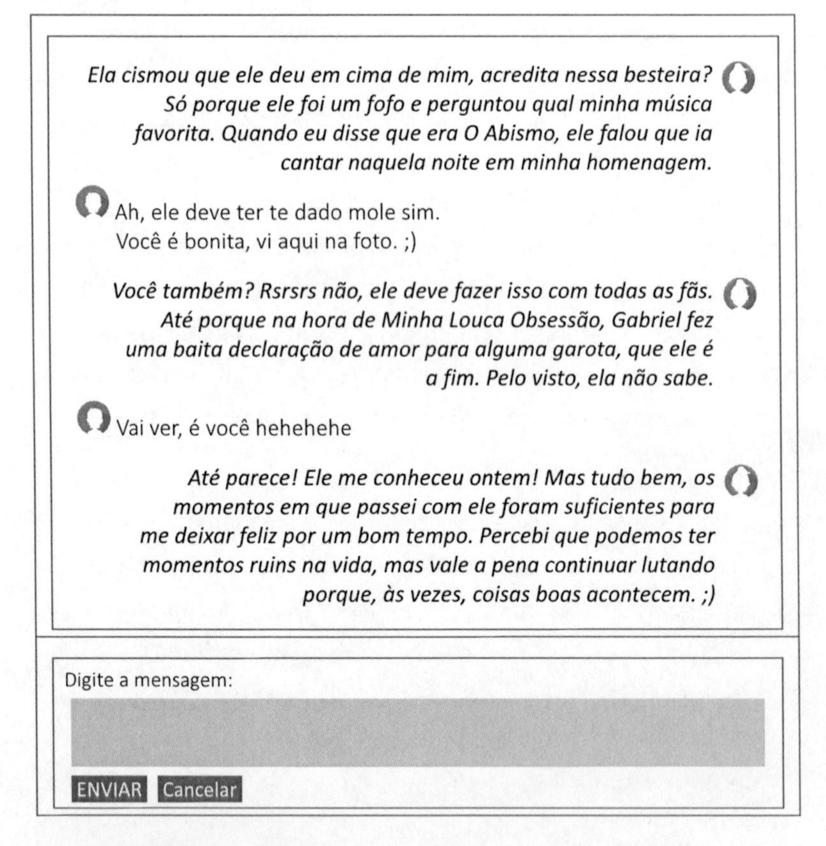

Fiquei feliz em ver que parecia que Carol desistira da ideia de suicídio, e não comentou mais sobre automutilação ou momentos depressivos. E ela estava certa. Coisas boas acontecem. Agora eu precisava colocar o plano de Emanuele para funcionar, sem estragar esse acontecimento bom da minha vida, que foi o surgimento de Carol no meu caminho.

Capítulo 12

"Eu estava tão doente e cansado
De viver uma mentira
Eu desejava que eu
Pudesse morrer"

Amazing, Aerosmith

Depois dos momentos que passou com Gabriel, não havia modo melhor de começar um novo semestre. A segunda semana de aula foi a melhor que Carolina teve na faculdade. Pela primeira vez, estava leve, como se tivesse tirado o peso do mundo dos seus ombros, e conseguiu finalmente aproveitar o clima universitário.

Nos dias seguintes ao show, Carolina não parou de sonhar com o cantor e de admirar as fotos que tirou com ele. Tudo havia sido perfeito e ela esperava prolongar a sensação boa que invadira seu corpo.

No começo da terceira semana, ainda sentia os efeitos positivos do show e, na segunda-feira, até o fato de Júlio estar vindo em sua direção naquela manhã não a incomodou tanto, como acontecia antes. Ela tentava se dar bem com o namorado da melhor amiga, mas ele era um cara difícil e provocador. Carolina não entendia o que Sabrina via nele.

— E aí, cadê a Sabrina? — perguntou Júlio, segurando seu braço e parando em frente a ela.

Eles estavam próximos à entrada do Departamento de Arquitetura, e o movimento o fez ficar de costas para o prédio, com Carolina observando a porta na esperança de a amiga aparecer.

— Não sei, ela ficou para trás para resolver alguma coisa na secretaria — respondeu Carolina, sem muita vontade de estender a conversa.

— Ah. Ela mandou uma mensagem e pediu que eu viesse aqui.

Carolina ficou olhando Júlio, sem ter o que dizer. Ia se virar e deixá-lo ali quando seus olhos vislumbraram algo que parecia uma miragem. Ou um pesadelo. Ela forçou a vista, para ter a certeza de que não estava tendo uma alucinação, mas era ele, o motivo de todos os seus problemas, o ex-namorado que saía justamente do prédio onde ela estudava, andando na direção oposta a ela. Ele não a enxergou porque o corpo de Júlio a bloqueava. Carolina ofegou e começou a tremer.

— Não, meu Deus, não — sussurou ela, se apoiando em Júlio para não cair.

— Carol, o que foi? Você está passando mal? — Ele a segurou e olhou para os lados, procurando ajuda, mas não havia ninguém, o prédio de Arquitetura era o mais afastado do complexo universitário e a maioria dos alunos já havia saído dali.

Carolina se levantou e olhou Júlio, que não sabia o que fazer.

— Não é possível — disse ela.

— O quê? O que não é possível? Você está bem? O que eu faço? — perguntou ele a ninguém específico.

Júlio a conduziu para dentro do prédio, e a colocou sentada em um banco. Pegou o celular e ligou para Sabrina. Carolina tentou controlar o pavor, mas ao pensar que o ex podia voltar e encontrá-la ali, o pânico aumentou. Ela se levantou e foi para o banheiro que havia no hall de entrada, com Júlio gritando em vão por seu nome.

Carolina entrou no banheiro e havia duas alunas em frente ao espelho, que ela reconheceu. Ela foi para um dos reservados, para que as garotas não percebessem seu estado. Ficou esperando que saíssem dali, tentando controlar a respiração. Aos poucos foi se acalmando e ouviu a conversa das meninas.

— Ele é lindo, não é?

— Eu soube que ele veio de outra universidade. Um gato!

— Sim, vai ser bom ter alguém novo no departamento, os daqui são bem caidinhos. Vou adorar ter aula com esse aluno novo. Sabe qual é o nome dele?

— Fabrício ou Fabiano. Algo assim.

Carolina ficou paralisada, seu pior tormento se tornando real, o peito sendo comprimido por uma pressão forte. Não conseguiu acreditar que, depois de tudo o que fez, Fabrício teve a coragem de se transferir para a mesma universidade que ela. Pensou que ia ter um colapso nervoso, mas logo as meninas saíram.

Deixou o reservado e pôs a bolsa em cima da bancada da pia, abrindo a torneira e lavando o rosto com água fria. Tremendo, respirou fundo, tentando impedir, sem sucesso, que as lembranças do final do colégio voltassem à sua mente. Olhou seu reflexo molhado no espelho e começou a chorar descontroladamente.

Poucos segundos depois, Sabrina entrou no banheiro e a encontrou debruçada na bancada.

— Carol? O que foi? O que aconteceu?

Sabrina puxou a amiga, segurando seus braços. Carolina soluçava e abraçou Sabrina com força.

— Ele está aqui.

— Quem? Quem está aqui?

— O Fabrício.

Carolina sentiu o corpo de Sabrina endurecer ao falar o nome do ex. Elas permaneceram abraçadas, com Sabrina acariciando os cabelos da amiga.

— Você tem certeza? Pode ser alguém parecido.

— Tenho, eu o vi! E o pior é que descobri que vai estudar aqui com a gente. Não acredito que ele pediu transferência para a mesma universidade que eu.

Sabrina ficou em choque. Na época do colégio, ela, Carolina e Fabrício brincavam que estudariam juntos, já que os três queriam cursar Arquitetura. Mas depois do vazamento da foto de Carolina, ele desistiu de ir para a Universidade da Guanabara.

Carolina ainda estava em pânico quando Luciana entrou no banheiro.

— O que aconteceu? O Júlio ligou desesperado para o Douglas — perguntou ela, se aproximando da irmã.

— O Fabrício está aqui na universidade. Ele veio estudar no departamento — disse Sabrina, e Luciana encarou atônita a irmã, que chorava, abraçando-a.

Eu me sentia como um adolescente descobrindo o primeiro amor. Pensava em Carolina quando acordava, almoçava, via TV, ao ficar deitado na cama, olhando o teto, fazendo nada. Imprimi várias vezes a nossa foto juntos e a espalhei pelo quarto. Carol povoava minha mente o tempo todo, não havia como negar que era minha nova fixação. Uma fixação boa, eu acho. Pelo menos Igor achava.

Ele viu as fotos nas paredes no meu quarto e comentou um "*que exagero*", mas acho que Emanuele deve ter falado algo com meu irmão, porque Igor ficou na dele e não me criticou. Nem disse que eu era um maluco psicótico que estava prestes a ser internado com camisa de força.

Só que eu já sentia falta de Carol. Nossos horários no fórum do Depressivos Anônimos não coincidiram muito na semana após o show. Ela já não acessava mais o site com tanta frequência. Enviamos mensagens um para o outro em momentos diferentes, e eu estava doido para conversar com ela na internet sem ser off-line.

Desde o nosso encontro que me sentia bem, por isso decidi voltar a seguir os conselhos do Dr. Amorim. Estava sentado em uma poltrona no meu quarto, há quase uma hora encarando o quadro com diversos tons de azuis que havia acima da minha cama. Eu o entortei um pouco e o olhava, tentando me manter consciente de que nada ruim aconteceria porque ele estava ligeiramente fora das marcas que minha mãe fez na parede. Repeti o mantra em minha cabeça. *Nada ruim vai acontecer, nada ruim vai acontecer,* pensei, mas já começava a sentir palpitações no peito e a suar frio.

Queria tentar deixar o quadro torto por mais alguns minutos, mas não consegui. Ajeitei a pintura azul na minha parede, me certificando de que estava na marca correta. Respirei aliviado, sentindo todo o estresse sair do meu corpo. Pareceu que fiquei até mais leve.

Verifiquei se tinha chegado alguma notificação de resposta no meu e-mail para a mensagem que enviei à Carolina mais cedo, mas a caixa de entrada estava vazia. Decidi trabalhar na música que estava escrevendo em sua homenagem, assim me distraía um pouco da obsessão do quadro. Depois, fui jantar na casa de Emanuele.

Ao voltar, à noite, entrei no fórum do site Depressivos Anônimos e Carolina ainda não havia me respondido. Estranhei porque ela não costumava demorar a me dar um retorno, ainda mais que vi que ela esteve on-line à tarde. Decidi vasculhar os tópicos do fórum, para ver se ela postou algo, e congelei ao ler o depoimento que Carol colocou. Com a pressão voltando ao meu peito, olhei com raiva a porcaria do quadro, peguei meu celular e saí desesperado.

Eu precisava falar com Igor com urgência.

Ao voltar para casa, Carolina entrou no quarto e se deitou na cama. Luciana tentou conversar com ela, sem sucesso, e decidiu deixá-la quieta por um tempo.

O mundo às vezes parecia rir dos seus problemas, ou pelo menos foi assim que Carolina se sentiu quando Luciana fechou a porta do quarto. Ficou deitada no quarto com as cortinas fechadas, apenas o escuro como seu cúmplice, se sentindo perdida. Não aguentava mais chorar, havia feito isso o tempo todo no carro de Douglas, durante o trajeto do Recreio até a Tijuca. A irmã e o cunhado tentaram acalmá-la, mas nada a tranquilizou.

Ela se obrigou a se sentar na cama, pegou o notebook e colocou as músicas de Gabriel para tocar. Forçou para se concentrar nas letras, mas nem ele conseguiu tirar a dor que se instalou em seu peito desde o instante em que seu mundo desabou pela segunda vez. Apesar de não ser totalmente um refúgio, pois o medo de que alguém descobrisse sobre a foto sempre a perseguiu, a Universidade da Guanabara ainda era um lugar longe de todas as fofocas e problemas que enfrentara no colégio. Quase não havia ex-alunos da escola lá, e no campus ela conseguia se sentir um pouco segura. Mas agora Fabrício estava por ali, para rachar todas as estruturas da fortaleza que Carolina tentou construir à sua volta, trazendo junto más recordações de arrependimento e constrangimento; memórias doloridas que ela tentou esquecer e que reabriam feridas não cicatrizadas de traição.

E ele foi para o mesmo departamento que ela, para a mesma turma. Parecia um grande complô do universo, justamente no momento em que se sentiu mais feliz em toda a sua vida, por causa do encontro com Gabriel. Ela se censurou por ter acreditado durante alguns dias que poderia e era digna de ser feliz, mas isso não fazia parte de sua vida. Ela agora tinha esta certeza, de que teria toda a dor e sofrimento de volta, como uma punição pela vergonha e humilhação que causara a si e sua família.

Desligou o som do notebook, a voz de Gabriel se perdendo no meio da canção. Ele não merecia fazer parte daquele momento ruim, era alguém bom, que tinha uma carreira brilhante e uma vida perfeita. Aquele sofrimento que estava passando devia ser sentido e vivido apenas por ela e mais ninguém.

Abriu um tópico no fórum do site Depressivos Anônimos e começou a digitar, tentando jogar para o computador toda a aflição que a consumia.

carol_do_moura

Como acabar com uma angústia?

Aconteceu algo ruim comigo hoje. A pessoa responsável por todos os meus problemas e sofrimento voltou para minha vida. Ele agora estuda na mesma universidade que eu, no mesmo departamento e mesma turma. Não sei o que fazer, estou desesperada porque sei que não tenho forças para superar e lutar contra isso. Não sou forte o suficiente para conviver com ele novamente. Não vejo solução para meu suplício, a não ser terminar com tudo de uma vez, por um fim a tudo à minha volta, parar de respirar, de viver, de sofrer. Quero tirar tudo de dentro de mim, estou lutando e tentando, espero encontrar alguma força para impedir que isso aconteça. Vou tentar fazer com que a dor saia do meu corpo. Espero conseguir...

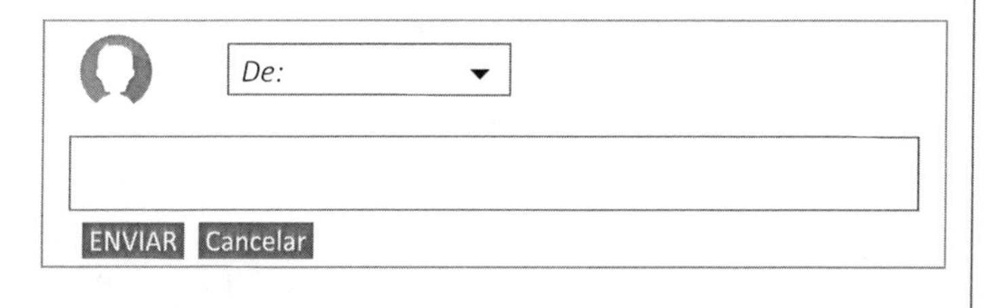

O ato de clicar na palavra "*enviar*" foi libertador. Carolina sentiu como se estivesse se desligando de tudo, podia se entregar a toda dor que habitava seu corpo.

Pegou o estilete na mesa de estudos e foi para o banheiro, sem se lembrar da última vez em que pensara no assunto. Desde que soube que conheceria Gabriel estava tão feliz que não via motivos para se martirizar.

Carolina não se preocupou em trancar a porta do banheiro, sabia que Luciana não entraria ali tão cedo, provavelmente estava assistindo a alguma coisa na TV com Douglas. Ela se sentou no box, segurando o estilete firmemente, revivendo a humilhação de ter uma foto sua nua vazada para todos os alunos verem. Lembrou-se da vergonha ao andar pelos corredores do colégio durante as provas finais, com todo o colégio a julgando. A confusão que se tornou sua casa, com os pais a criticando e brigando todos os dias. A traição de Fabrício ao mostrar para o mundo um momento íntimo dos dois, a perda da confiança na pessoa que ela teve ao seu lado por muitos anos. O fato de se achar responsável por toda essa confusão em sua vida, e na das pessoas próximas a ela, fazia com que se sentisse pior ainda. Pensou que, se não existisse, a vida de todos seria mais tranquila, sem problemas e tristezas.

E agora Fabrício seria parte do seu dia a dia, estando presente no mesmo local em que estudava, na mesma turma. Só de pensar em vê-lo sua cabeça começava a latejar intensamente. Jamais conseguiria passar por tudo aquilo de novo, sabia que seria muito esforço ver seu ex a todo momento na universidade. Ela não conseguiu mais se manter firme e encontrar forças para lutar e seguir adiante. Desistir pareceu a saída mais fácil.

Sentiu como se seu peito fosse explodir de tanta aflição e, com lágrimas escorrendo pelas bochechas, fechou os olhos resignada, suspirando alto ao perceber que seu sofrimento era maior que a vontade de reagir.

Frustração é uma sensação ruim e Luciana queria tirar aquele sentimento de dentro do peito. Ela se sentou junto ao namorado, na sala, os pensamentos voltados para a irmã.

Como as coisas deram errado em tão pouco tempo? Na última semana, Carolina estava melhorando a olhos vistos, mas o retorno de Fabrício acabava com todo aquele longo caminho que a irmã percorreu.

— O que eu faço? — perguntou ela.

— Não sei. Não sei mesmo — respondeu Douglas.

— Ela estava bem, parecia outra pessoa. Por que isso tinha de acontecer logo agora? O que ele está fazendo na Universidade da Guanabara? Pensei que havia concordado em ficar longe da Carol.

Douglas não respondeu, apenas abraçou a namorada. Não havia nada que pudesse falar, apenas apoiar Luciana e Carolina naquele momento difícil. Há meses se preocupava com a possibilidade de que a cunhada estivesse com depressão, mas a visível melhora em seu humor desde que soube que conheceria Gabriel Moura o deixou mais tranquilo. Pareceu que Carolina se esforçava para ficar bem e houve momentos de euforia em seu rosto. Estava até mais falante e animada durante os últimos dias, e Douglas estava feliz por ver o quanto bem o cantor fez a ela.

Ia falar algo para acalmar a namorada quando ouviu um grito terrível vindo de dentro do apartamento. Ele e Luciana se encararam. Douglas se levantou rapidamente e saiu correndo, procurando por Carolina.

Igor e Emanuele estavam sentados em frente à casa dela, aproveitando o clima agradável. Eles conversavam, namoravam e esperavam uma noite calma, até Gabriel surgir falando coisas sem nexo.

— Eu preciso... algo ruim... no fórum... ela sumiu... o quadro...

Gabriel parou de gaguejar e ficou ofegante, o rosto vermelho e aflito. Igor se levantou de imediato, desesperado com o estado do irmão.

— Você está bem? Precisa ir ao hospital? — perguntou Igor, segurando o irmão pelos braços como fazia todas as vezes em que ele tinha um ataque de pânico.

— Não. Sim. Não sei... — Gabriel balançou a cabeça e tentou controlar a respiração. — Ela postou algo estranho, não respondeu minha mensagem. Ela sempre responde.

— Você está falando da Carolina? — perguntou Emanuele, também preocupada com o cunhado.

— Ela disse que ia fazer a dor sair do corpo, estou com medo de ter feito algo.

— Do que você está falando? — Igor estranhou.

— Ela sumiu, estou preocupado. Eu preciso falar com ela, sinto que algo muito ruim aconteceu porque deixei o quadro do meu quarto torto durante uma hora.

— Por favor, Gabriel, já falei várias vezes que um quadro fora do lugar não afeta os acontecimentos do mundo — disse Igor, perdendo a paciência. Já estava cansado de repetir a mesma coisa para o irmão.

Ele ia se sentar de novo quando Emanuele segurou sua mão.

— Acho que ele está falando sério — disse ela, se aproximando de Gabriel. — O que aconteceu?

— Eu não sei, não sei. Ela postou que os problemas dela aumentaram, algo do ex, e aí disse que não via mais sentido na vida e sumiu. Ela sempre responde às minhas mensagens no fórum e, desta vez, não respondeu.

— Fica calmo, vai dar tudo certo. Como podemos entrar em contato com ela, sem ser pelo fórum? — perguntou Emanuele.

— Eu não... — Gabriel balançou a cabeça e depois prendeu a respiração ao encarar Emanuele. — O Breno! Ele tem o telefone da irmã dela!

Gabriel ligou para Breno, que passou o número de Luciana. Quando desligou, tentou digitar no aparelho, mas tremia muito. Emanuele tirou o celular de suas mãos.

— Acho melhor eu ligar. A irmã dela não vai dar notícias para um desconhecido. É mais fácil uma garota falando que é amiga da Carolina.

Gabriel concordou, nervoso. Emanuele ligou e se afastou um pouco.

— O que você acha que aconteceu? Não é legal você ficar desse jeito — perguntou Igor.

— Agora não, por favor. Sem sermão — gemeu Gabriel.

— Não ia dar sermão, só quero entender. — Igor levantou os ombros, confuso.

Após alguns minutos, Emanuele voltou para perto deles e Gabriel sentiu o peito doer ao ver a expressão no rosto dela.

— O que foi? — perguntou ele.

— Fica calmo. — Emanuele olhou Igor, que ainda parecia perdido na conversa. — Não sei muitos detalhes, mas a Carolina foi para o hospital. Consegui descobrir qual o quarto em que ela está.

— Hospital? O que aconteceu? — perguntou Igor.

Com lágrimas nos olhos e tremendo, Gabriel se aproximou de Emanuele, que o abraçou, antes de responder.

— Ela tentou se matar.

Gabriel sentiu o corpo cair e ser amparado por Emanuele e Igor.

Capítulo 13

"Todos os sonhos que seguramos tão firmemente
pareceram se evaporar na fumaça"

Angie, Rolling Stones

Era como se o chão tivesse se aberto sob os pés de Luciana. Ela se sentiu presa em um pesadelo que não acabava nunca. A imagem de sua irmã, deitada na cama, frágil, a desconcertou. Os pais pareciam não acreditar no que aconteceu e Luciana os culpava, por não apoiarem Carolina nem acreditarem quando ela disse que a irmã precisava de ajuda.

Luciana deixou o quarto, para respirar um pouco e ficar longe dos pais. Encontrou Douglas apoiado à parede do corredor em frente à porta do cômodo. Ele abriu os braços e ela se aconchegou neles, como se pudesse ficar protegida de todo o tormento que estava vivendo. Esforçava-se para se lembrar das últimas horas e tudo parecia um filme ao qual ela assistiu, e não viveu: a irmã coberta de sangue no chão do banheiro, a ambulância levando-a para a emergência, o atendimento e depois a exigência do pai em transferir a filha para um hospital particular, a fim de passar a noite em observação. Tudo parecia ter ocorrido há muito tempo e com outra pessoa.

— Fico pensando em como não percebi — disse Luciana, a voz abafada no peito de Douglas. — Fico me perguntando se ela mostrou os sinais de que podia acabar com a própria vida, e eu não soube reconhecer. Porque ela deve ter demonstrado isso em algum momento, mas devo ter achado que era só a tristeza normal por tudo o que aconteceu a ela.

— Ei, não se culpe. Você fez tudo o que podia, tentou ajudá-la, se ofereceu para conversar várias vezes. Nem sempre a pessoa está aberta, mas você nunca desistiu.

— Eu me sinto como se tivesse fracassado, como se não tivesse feito o suficiente.

— Ninguém podia imaginar que ela faria isso. Carolzinha estava bem nos últimos dias. — Ele a abraçou ainda mais forte. — Ela falou alguma coisa?

— Não, ainda não disse nada.

— Dê tempo a ela.

Luciana afastou o rosto para olhar Douglas e ia fazer algum comentário quando um casal parou próximo deles.

— Oi, Luciana? Conversamos pelo telefone — disse a garota.

Luciana a olhou e pareceu que a conhecia de algum lugar, mas não soube de onde. Quando virou o rosto na direção do rapaz, ficou um pouco confusa porque tinha quase certeza de que era Igor Moura quem estava à sua frente.

— Eu sei que isso vai parecer loucura, mas... — disse ele, se afastando e abrindo espaço para um garoto com um boné se aproximar.

Luciana ofegou e segurou firme o braço de Douglas, atônita. Quem usava o boné e estava à sua frente era Gabriel Moura.

Luciana parecia ter visto um fantasma e eu não podia culpá-la. Ela se apoiava no namorado e me olhava um pouco atordoada, piscando sem parar e gaguejando. O namorado também não estava entendendo nada, talvez não tivesse me reconhecido.

— Mas, mas... — balbuciou Luciana.

— Oi — disse eu, e olhei Igor, que me incentivou a continuar com a cabeça. — Não sei como explicar isso sem parecer estranho, mas conheço a sua irmã.

— Sim, no show — respondeu Luciana.

— Sim. E não, eu a conheço antes. Só que ela não me conhece. Bem, ela sabe quem eu sou e não sabe.

Luciana não entendeu nada e não consegui esclarecer o motivo de estar ali. Eu estava aflito e com o coração em frangalhos, querendo notícias de Carolina. Meu peito estava apertado e parecia que eu ia ter um colapso a qualquer momento.

— Quem é você? — perguntou o namorado dela, abraçando-a como se quisesse protegê-la de mim.

— É o Gabriel — respondeu Luciana.

— Gabriel Moura? — perguntou o namorado, mais perdido do que a garota.

Eu ia tentar contar mais uma vez minha história quando Emanuele tomou as rédeas da situação.

— É uma loucura, mas loucuras acontecem. Gabriel conheceu sua irmã em um fórum sobre depressão, os dois começaram a conversar. Ela não sabe que era com ele que conversava, ele se passou por uma fã e os dois falavam sobre seus problemas. E sobre ele — disse Emanuele, como se toda a situação fosse algo comum.

Igor e ela explicaram melhor a história mais uma vez, com mais detalhes, e fiquei pensando que eu devia parecer um *stalker* maluco. Vendo tudo da minha perspectiva, parecia normal. Ouvir outra pessoa narrar, soava como se eu fosse um psicopata.

Luciana ficou um tempo calada, me analisando. O namorado me encarava com os olhos cerrados e fiquei na dúvida se ele queria me matar ou me abraçar.

— Quando entrei no fórum, o login dela era carol_do_moura. Desconfiei que era uma fã e começamos a trocar mensagens. Inventei que morava em Macapá, para conversarmos melhor — expliquei. — Conforme fui conhecendo a Carol, quis encontrá-la pessoalmente, mas não vi como porque precisava de uma boa desculpa, para não parecer maluquice, embora quando eu pense sobre o assunto é tudo meio estranho.

— Então você é a amiga de Macapá? O tal fórum não é sobre você, é sobre depressão? — perguntou Luciana, mas não falei nada porque notei que as palavras que disse eram para si mesma. Ela arregalou os olhos para mim. — O show! O *backstage* foi sua ideia?

— Sim. Foi a forma que encontrei de conhecer a Carol.

— Meu Deus! — sussurrou Luciana.

— Cara, obrigado — disse o namorado dela, me abraçando e me pegando de surpresa. — Obrigado por ter feito a Carolzinha feliz por alguns dias.

Ele começou a chorar, ainda abraçado a mim, e eu não soube o que fazer, até Luciana o puxar e me abraçar. Continuei sem saber como agir.

— Obrigada. Ela precisava disso — disse Luciana em meu ouvido.

— Como ela está? — Criei coragem e perguntei.

Luciana se afastou de mim e limpou uma lágrima que escorria pela bochecha.

— Está bem e mal. Não corre mais risco, mas está abatida e calada. Não sei o que fazer para que melhore. — Ela ficou quieta e me encarou. — Você sabe tudo o que aconteceu com ela?

— Sim, Carol me contou sobre o ex, a volta dele, a foto, os cortes — disse, sem pensar, e na mesma hora me arrependi.

— Cortes? — perguntou o namorado da Luciana.

— Eu acho que seria bom ele a visitar, não? — sugeriu Emanuele, entrando na conversa e me salvando.

Luciana e o namorado trocaram alguns olhares. Segurei a mão dela, que balançou a cabeça.

— Sim, talvez ele consiga fazer Carol falar, se abrir. Ela não falou nada desde que... — Luciana engoliu um soluço e percebi que segurava as lágrimas, que teimavam em encher seus olhos. — Deixa eu preparar o caminho — disse, entrando no quarto.

— Carolzinha não vai nem acreditar. Obrigado, cara — comentou o namorado da Luciana, colocando a mão no meu ombro e apertando de leve.

Ao entrar no quarto, Luciana viu o mesmo cenário que deixou alguns minutos atrás. Verônica e Nélio sentados em um sofá e Carolina deitada de lado, virada para a janela, de costas para a porta e para os pais.

Ela se posicionou em frente a Carolina, que não mexeu os olhos. Eles continuavam perdidos no nada.

— Vocês se importam em sair um pouco? — perguntou Luciana. — Preciso falar com a Carol.

Os pais a olharam como se estivessem vendo a filha pela primeira vez ali no cômodo. A mãe chegou a protestar, mas o pai fez um sinal e ambos deixaram o quarto.

Luciana olhou a irmã e se abaixou em frente a ela, passando a mão em seu cabelo.

— Tem alguém aí fora querendo te ver.

Carolina finalmente mudou a direção do olhar e Luciana percebeu um medo atravessar seu rosto.

— É...? — sussurrou Carolina.

— Não. — Luciana balançou a cabeça. — Não é o Fabrício. Nem ninguém da universidade ou do colégio. Não sei como te dizer quem está aí. — Ela começou a ajeitar o cabelo da irmã, que continuou deitada sem demonstrar mais interesse na visita. — Vamos arrumar um pouco seu visual. — Sorriu, mas Carolina não esboçou nenhuma reação. — Posso pedir para ele entrar?

Carolina apenas permaneceu deitada de costas para a porta. Luciana foi até a entrada e fez um sinal para Gabriel.

— Oi — disse ele, parando no meio do quarto, atrás de Carolina.

Ela se virou lentamente ao ouvir a voz e o encarou. De repente, começou a rir.

Eu continuava nervoso, apesar de já ter conhecido Carol. Só que no hospital foi algo diferente porque eu ia me apresentar a ela como realmente era: o Gabriel neurótico, que conversava pela internet fingindo ser uma pessoa do Norte do país, o cara que passou a ter uma certa obsessão por ela.

Pensando assim, eu parecia mesmo perigoso, mas a verdade é que precisava estar ao seu lado, me abrir para alguém que já me conhecia a fundo e, ao mesmo tempo, me via como um desconhecido, apenas um cantor famoso e distante.

Ao entrar no quarto, senti as palmas das mãos ficarem úmidas de suor. Meu peito se comprimiu cada vez mais e tive a impressão de que tudo girava à minha volta. Encarei as costas de Carol e a cumprimentei. Quando ela me viu, começou a rir, me deixando ainda mais nervoso por causa da sua reação.

— Carol? O que foi? — perguntou Luciana, desorientada e um pouco sem graça.

— Parece que o Gabriel Moura está aqui. Acho que os remédios deste hospital são bons — comentou Carolina, ainda rindo. — Por quê? Quem você está vendo?

— Bem... é o Gabriel — disse Luciana.

— Oi — respondi mais uma vez, abrindo um sorriso e tentando aparentar naturalidade. — Sei que é estranho, mas sou eu mesmo.

Carol parou de rir e se sentou na cama. Ela alternou o olhar entre nós, confusa, puxando o lençol até o pescoço, dobrando o joelho na direção do corpo. Vi seu pulso esquerdo enfaixado e meu coração ficou pequeno.

— O quê...? Como...? Você entrou em contato com ele? — perguntou ela para sua irmã.

— Não. Ele entrou em contato comigo. — Luciana me olhou e sorriu. — Conheça sua amiga de Macapá — disse ela, saindo do quarto e me deixando a sós com Carolina, que arregalou os olhos.

— Sei que isso parece um pouco doido, mas eu sou a louca_pelo_moura — comentei.

— Você? Você é a menina com quem converso? Mas como? Ela mora longe. Ela é sua fã. Ela é uma garota!

— Não, eu inventei tudo. Desculpa — disse e olhei em volta. Puxei uma cadeira e pus ao lado da cama. — Não tem como explicar sem parecer loucura, mas é isso mesmo. Encontrei o fórum e vi seu nome de usuário lá. Imaginei que era uma fã e fiquei curioso para conversar com você.

— Curioso? O que você estava fazendo em um fórum de depressão? — perguntou ela, desconfiada.

Percebi que a conversa não começou bem e tentei explicar tudo da melhor forma possível. Contei como fui parar no fórum, como nossas conversas iniciaram e o fato de eu ter me conectado a ela.

— Parecia que você me conhecia bem. Sempre que dizia algo, eu me identificava. Quando descreveu o que *O Abismo* significava para você, era como se eu mesmo tivesse escrito sua visão sobre a música.

Carolina ficou um tempo calada, me encarando.

— Pensei que sua vida fosse perfeita — disse ela.

— Não. Pode parecer pelo fato de eu ser famoso, as pessoas tendem a achar que quem é rico e popular tem uma vida perfeita, um lar tranquilo e uma família feliz. Tudo na minha casa é uma confusão, e as coisas que te contei sobre minha mãe e sobre mim são verdades. Estou longe de ser perfeito.

— Tá bom — disse ela, alisando o lençol e olhando para baixo.

— Eu tenho TOC — confessei.

Ela voltou a me olhar e cerrou os olhos.

— Do tipo que lava a mão o tempo todo?

— Não, isso é muito clichê — respondi e ri e ela me acompanhou em uma risada gostosa. — Ok, já passei dessa fase de lavar a mão o tempo todo. — Ela riu novamente. — Agora só preciso arrumar quadros tortos e minha gaveta de meias. E tenho pavor de dirigir. E não uso redes sociais porque se demoro a responder meus fãs, fico neurótico achando que eles vão parar de gostar de mim. Todos os dias, independente de como está o clima, deixo o ar-condicionado na temperatura mais baixa, como uma forma de me punir. — Respirei fundo para continuar, e verificar se não estava assustando Carolina com tanta informação de uma vez só. — Tenho algumas obsessões, sou compulsivo e com algumas neuras, e estou com medo de você me odiar por tudo o que aconteceu e por como eu sou de verdade, mas precisava arriscar e vir até aqui. Para te mostrar que não está sozinha.

Ela levou os olhos até o pulso enfaixado, ficando séria, a tristeza invadindo seu rosto. Tomei coragem e peguei sua mão direita e a acariciei, sentindo uma corrente elétrica percorrer meu corpo, que ficou arrepiado com o contato. Eu me inclinei para perto dela.

— Eu fiz uma besteira — disse ela, baixinho.

— Sim, mas você sobreviveu. Estou aqui.

— Isso é muito doido. Como você veio parar aqui?

Voltei a me encostar na cadeira e contei tudo. Já estava ali e não podia voltar atrás. Precisava mostrar para Carol que havia luz no final do túnel, que podia contar com a irmã e o namorado, pelo que percebi, e comigo. Eu era um amigo, embora antes ela não soubesse, e queria que ficasse bem.

Contei de quando fui na universidade e peguei o papel que caiu de seu caderno. Ela não se lembrava, mas ficou sem graça por eu ter lido o que escreveu sobre a minha música. Revelei meu plano para levá-la junto com a irmã até o *backstage*, para que eu pudesse finalmente conversar com ela.

Ao relatar minha fixação e meu plano para conhecê-la, eu me senti novamente como um *stalker* louco, mas ela ficou ainda mais supresa. Fez algumas perguntas sobre meus problemas e respondi tudo com sinceridade.

— A cada dia que passava, eu queria conversar com você mais e mais. Você se tornou meu vício — comentei, ainda acariciando sua mão e a olhando nos olhos. — Meu vício bom. Era como um ânimo para me levantar e seguir adiante.

— Eu? Sou toda ferrada.

— Eu sei. — Nós dois rimos. — Mas é difícil me conectar a alguém. Sou muito introspectivo, quase não tenho amigos e não gosto muito de socializar.

— Sério? Não parece. Nos shows e entrevistas você é bem extrovertido.

Dei uma gargalhada alta e pisquei para Carol.

— Quando estou me apresentando ou falando de música, sou outra pessoa. Mas normalmente sou alguém bem estranho.

— Que bom — disse ela, levantando a mão esquerda e acariciando meu rosto. Fechei os olhos.

— Bom?

— Sim, fico feliz em saber que não é perfeito. Ninguém gosta de pessoas perfeitas — disse ela.

— Você parece perfeita para mim. Com todos os seus problemas e defeitos, você é perfeita.

— Não, estou longe disso. — Ela suspirou alto. — Quando acordei e vi que estava viva, senti algo diferente. Não sei explicar, mas o fato de ver que sobrevivi mexeu comigo. Eu tomei uma desisão drástica na visão das pessoas, e ao perceber o estado em que minha irmã estava, a ficha meio que caiu para mim. Ela ficou arrasada e pude ver em seus olhos a derrota e o sentimento de culpa, como se ela tivesse falhado. Aí senti que eu também falhei com ela. Sempre fomos unidas, mas aos poucos me afastei, por causa de tudo o que aconteceu comigo. Deixei a Lu de fora da minha dor e criei uma barreira entre a gente. Ao abrir os olhos e encará-la pela primeira vez depois do que fiz, foi como um choque. Pensei que ninguém sentiria minha falta, que não havia problema em ir embora; isso não ia afetar as pessoas à minha volta porque eu era um estorvo para eles. Fui fraca e fiz uma burrada, mas não encontrei solução para a dor que senti hoje cedo.

— Seu ex.

Ela balançou a cabeça e uma lágrima escorreu por sua bochecha. Ficou encarando o pulso enfaixado enquanto falava.

— Não fui capaz de me imaginar seguindo adiante tendo ele perto de mim o tempo todo. O passado voltou para me assombrar e não pensei em mais nada. Não vi uma saída a não ser terminar com tudo. Eu só queria que a dor parasse, mas ela não passava. — Ela me lançou seus olhos tristes. — É uma loucura, não é? Tentar se matar.

— Não consigo entender essa fuga na dor física, nunca vou entender. Sempre que conversávamos sobre automutilação, era algo bizarro para mim. Não, bizarro talvez seja a palavra errada. Sei lá, era algo muito longe do que eu faço. Não sei se consigo entender o fato de funcionar para algumas pessoas, assim como minhas compulsões funcionam para mim. Acho que cada um tem sua válvula de escape, mas chegar a se cortar? Acho que nunca vou entender, ainda é algo chocante para mim. É estranho saber que alguém tem vontade de cortar a pele para se libertar, não acho legal alguém inflingir dor ao seu próprio corpo, ou a qualquer outro corpo, para tentar se sentir bem. Fiquei feliz por você não ter recorrido a isso.

— Até hoje — disse ela, um pouco desanimada.

— Sim. — Apertei de leve a mão de Carol. — Quero que você encontre outras formas, digamos mais saudáveis, para se libertar da dor. Não acho legal você se machucar de propósito.

Ela ficou me encarando, eu alisando sua mão. Senti que a conhecia desde sempre e fui absorvido pelo clima de cumplicidade entre a gente, que era intenso. Pareceu que o mundo não existia do lado de fora, o silêncio reinando no quarto. Não quis que meu discurso soasse como um sermão, apenas como um alerta, e fiquei pensando em como lhe mostrar formas melhores de se libertar da dor. Meu coração disparou quando encarei seus lábios, me sentindo envolvido por ela. Eu queria protegê-la de toda a dor do mundo.

Sem planejar muito, eu me levantei, me aproximando de Carol e notando sua respiração ficar rápida. Eu precisava fazer o que queria há muito, não aguentava mais esperar. Foram meses sonhando com aquele encontro e aquela intimidade.

— Meu Deus! — sussurrou ela, ao perceber o que eu ia fazer.

Sorri com o canto da boca e levei meu rosto até perto do dela. Nossos lábios se tocaram de leve em um beijo tímido e quente. Puxei o corpo de Carolina, colocando uma das mãos atrás de seu pescoço. O beijo foi ficando intenso até que alguém bateu na porta, entrando no quarto. Eu a soltei e ficamos os dois corados e ofegantes.

— Olá, Carolina — disse um médico. — Meu nome é Henrique e sou o psicólogo deste hospital. Soube que você já conversou com o Dr. Marinho, o psiquiatra daqui. — Ele me encarou. — Você é da família?

— Sou... um amigo — respondi, sem saber se ele percebeu o que acontecera há pouco no quarto.

— Ah, bem, o horário de visitas já acabou, agora só a família pode ficar aqui.

Senti um pouco de raiva do médico se apropriando de Carolina. Ele era novo, devia estar na casa dos trinta, e parecia se sentir dentro de um seriado norte-americano. Quis protestar, mas olhei para Carol sem graça.

— Eu... Vou procurar sua irmã. Depois a gente conversa mais — respondi e fiquei parado, sem saber o que fazer. Ela sorriu e pegou minha mão, apertando de leve. Beijei a testa de Carol e saí do quarto, amaldiçoando o médico estraga-prazeres.

Carolina se sentiu dentro de um sonho. Nem nas noites mais tranquilas e felizes imaginou viver um dia como aquele. Foi do inferno ao céu em poucas horas e tudo ainda parecia confuso em sua cabeça.

O beijo de Gabriel foi perfeito, o que ela desejou durante anos. Finalmente a respiração falhou, o frio subiu pela espinha, seu corpo se arrepiou e fogos de artifício pareceram estourar em sua cabeça. Estava nas nuvens.

— Podemos conversar? — perguntou o médico.

— Você não parece médico — comentou ela, e se arrependeu, com medo de tê-lo ofendido.

— Eu sei, muita gente diz isso. Mas é bom, não? As pessoas costumam se assustar com psicólogo e psiquiatras. Por isso gosto que me tratem pelo primeiro nome, nada de doutor.

Ele riu e ela também. Henrique era alguém tranquilo e transmitia isso. Tudo nele apontava para um amigo, alguém em quem pudesse confiar.

— Você veio aqui para dizer que sou maluca?

— Não, muito pelo contrário. O que está passando é algo comum. Muitas pessoas são atingidas pela depressão e sentem vergonha de admitir ou procurar ajuda — comentou ele, ocupando a cadeira em que Gabriel estava há pouco.

— Meus pais dizem que é frescura.

— Sim, muita gente acha a mesma coisa. Mas é uma doença séria, e pode ser tratada. Se você quiser se tratar.

— Eu quero, mas é tão difícil.

— Você quer conversar agora? Seus pais já me contaram o que aconteceu no ano passado, o problema que você teve com seu ex-namorado.

Carolina balançou a cabeça, concordando, e tentou controlar algumas lágrimas, sem sucesso.

— Quando acordei depois de... de... Nossa, é dificil falar.

— Vamos por etapas, sem se apressar. Fale o que quiser, na hora que se sentir à vontade. Não aja como se tudo fosse tabu. Não há nada de errado em dizer as palavras depressão, suicídio, ajuda. Não coloque estigma em nada.

— Ok. — Ela respirou fundo. — Quando tentei o suicídio hoje, eu queria acabar com tudo. Não pensei em nada nem ninguém, não ponderei sobre o quanto isso ia afetar minha família e amigos. Mas ao acordar e ver que estava viva, foi uma sensação estranha, mas um estranho bom. Eu fiquei aliviada em ver que sobrevivi. É loucura, não é?

— Não, muitas pessoas se sentem assim quando passam pela mesma experiência que você. Infelizmente nem todas conseguem absorver essa sensação e tranformá-la em algo que as ajude.

— Quando vi a tristeza nos olhos da minha irmã, me senti muito mal. Eu a fiz sofrer de um jeito que nenhum familiar merece. E percebi que a dor dela é maior que a que senti quando meus problemas começaram. Não quero que ela passe pelo que passou hoje novamente, nem meus pais. Fiz algo sem pensar nas consequências para os outros. Não sei se vou conseguir melhorar, mas quero tentar.

— Existem momentos em que se entregar à dor parece mais simples. Não vou dizer que vai ser fácil, pelo contrário, vai ser muito difícil. Será um caminho longo, com algumas recaídas, mas você pode vencer o sofrimento, só precisa aceitar que está doente e que quer ficar boa. O ideal é começar um tratamento imediato, acompanhado por um especialista. Se ainda não se sentir pronta, tudo bem. Só não aconselho a demorar muito.

Ela ficou pensando nas palavras dele e relembrando a conversa que tivera com Gabriel, o quanto se sentiu confortável para confessar seus problemas, o quanto se sentiu bem ao seu lado. Queria que ele fizesse parte de sua vida. O fato de Gabriel ser problemático e ter uma família confusa não a assustou. Ela não queria alguém inatingível por perto, queria alguém que fosse humano e entendesse o que ela estava passando.

E pensar que ele ficaria por perto fazia a presença de Fabrício não ser mais tão ruim quanto antes. Continuava a ser um problema, mas agora ela tinha motivos para lutar. E queria lutar.

— Eu posso me tratar com você?

Ele sorriu e ela se sentiu calma. Ele tinha esse poder e, se era para se tratar com um médico, Carolina queria que fosse alguém em quem sentisse que podia confiar. Mal conhecia Henrique, mas já tinha vontade de lhe contar seus piores segredos, como foi com Gabriel.

— Pode sim. Eu atendo aqui no hospital alguns dias apenas, em outros tenho um consultório particular. Vamos ver o que seus pais dizem sobre isso. — Ele se levantou e pigarreou. — Antes de ir embora, quero conversar sobre a forma como agiu. A tentativa de suicídio é algo para irmos debatendo aos poucos, mas para entrar no assunto e analisar com calma sua condição, quero entender o que te levou a usar um caminho doloroso. — Ele ficou calado, mas ela não fez qualquer comentário. — Você já se cortou alguma outra vez antes? Há quanto tempo vem pensando em fazer isso?

Carolina sentiu uma angústia no peito que a deixou desconfortável. Ficou envergonhada por várias pessoas terem notado sua fragilidade. Ela baixou os olhos.

— Hoje foi a primeira vez — sussurrou ela. — Eu pesquisei sobre o assunto, cheguei a pensar em me cortar, mas não fiz. Não sei se posso dizer que quis me cortar, mas minha vida estava tão confusa... Não foi nada planejado, não estava raciocinando, eu só queria desaparecer.

— Isso é algo que precisamos tratar também. O fato de você nunca ter chegado a se cortar é bom, pois mostra que não precisou recorrer a uma atitude extrema, mas como hoje você fez isso indica que o assunto não deve ser esquecido.

— Eu sei, é loucura se cortar.

— Não vamos classificar nada, ok? Algumas pessoas acham que se cortar é a única saída, mas estou aqui para mostrar que uma dor provocada nunca é. Há várias formas de você melhorar e mudar o comportamento. Mas precisamos incluir seus pais no debate.

— Eles precisam saber que eu cheguei a pesquisar sobre o assunto?

— Sim, é importante a família se envolver e saber dos seus problemas.

— Eles vão pirar.

— Vamos trabalhar isso. Eles precisam entender. Pensei em chamá-los aqui para conversarmos sobre o tratamento, os caminhos a seguir a partir de agora.

— Você pode contar para eles? Sem ser na minha frente? Por favor... — implorou Carolina.

— Posso sim. Vamos dar pequenos passos — Ele se aproximou e apertou o braço dela. — Você não está mais sozinha.

O médico saiu do quarto e Carolina soltou o ar de seus pulmões. Não havia reparado que prendera a respiração por alguns segundos.

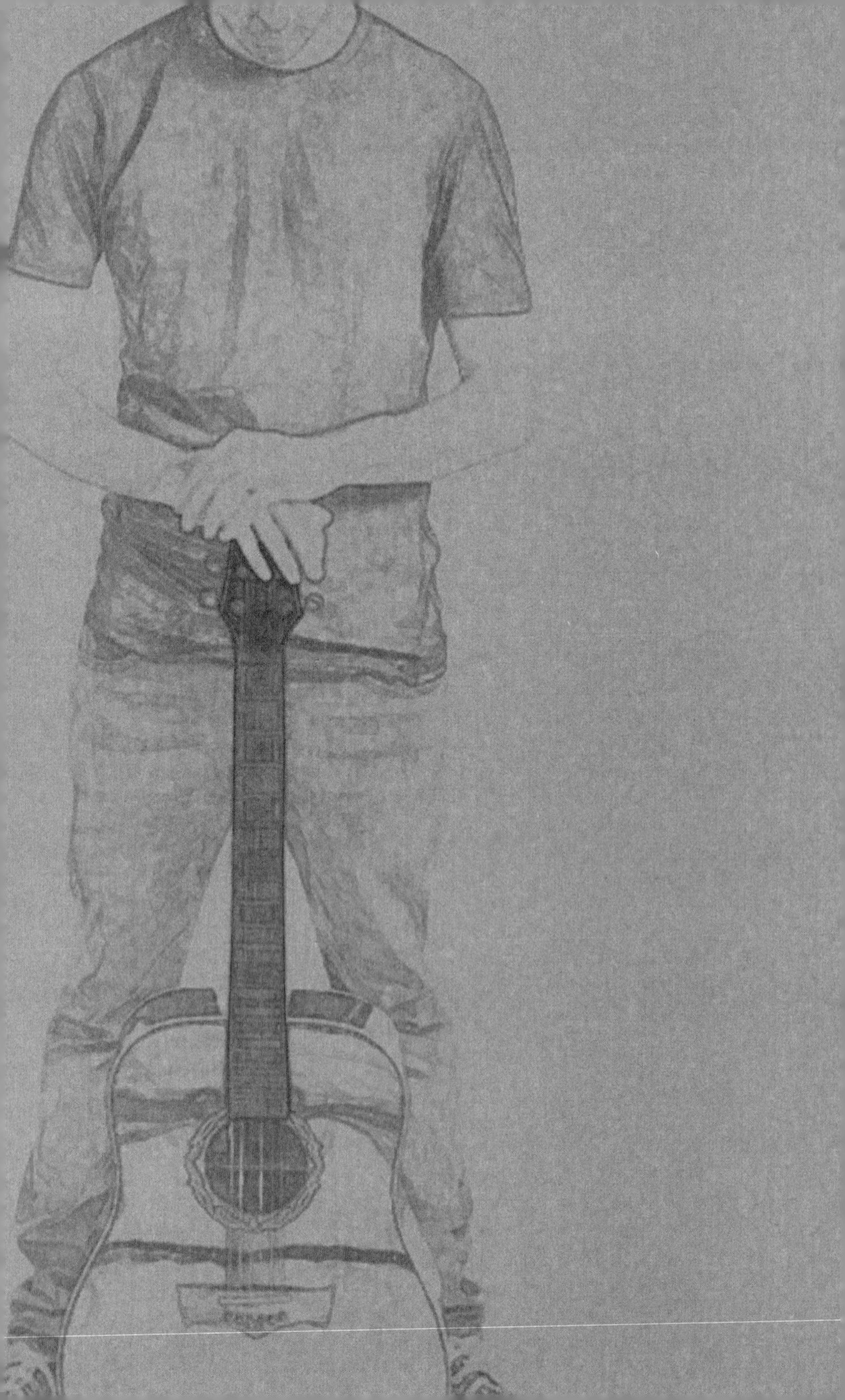

Capítulo 14

"Mas eu simplesmente não conseguia ouvir
toda aquela conversa verdadeira"

Amazing, Aerosmith

Luciana encontrou Douglas conversando com Igor e a namorada. Eles ocupavam alguns sofás no hall que havia no andar em que Carolina estava internada. Assim que ela chegou, o namorado se levantou e a levou para próximo da janela.

— Onde estão meus pais?

— Eles foram comer algo — respondeu Douglas. Ele olhou o casal sentado no sofá por cima do ombro. — Caramba, o que foi tudo isso?

— Ainda estou processando o fato de Gabriel Moura estar no quarto com minha irmã. — Luciana olhou para o namorado. — Parece que estou vivendo a vida de outra pessoa, que tudo é um pesadelo, e agora um sonho.

— Cara, é muito extraordinário. Ele conversa com Carolzinha pela internet. E gosta dela.

— Estou contando com isso, Douglas. Se ele realmente gosta da minha irmã, quem sabe?

— Ele pode ajudar a curá-la.

Luciana assentiu e se aproximou de Igor, que se ajeitou no sofá, parecendo desconfortável.

— Obrigada — disse ela.

— Também preciso agradecer. Sua irmã faz bem ao Gabriel.

Luciana se sentou no sofá ao lado de Igor.

— Tudo parece estranho, você precisa concordar.

Ele balançou a cabeça. Douglas se sentou ao lado de Luciana.

— Sim. Quase fiquei louco quando soube que Gabriel entrou em um fórum de depressão, e conheceu alguém que sofria do mesmo problema.

— Jamais imaginei que ele fosse depressivo.

— Ele é e não é. Meu irmão é um pouco diferente, temos nossos problemas, ele mais do que eu — comentou Igor, um pouco sem graça.

Luciana sorriu de forma cúmplice.

— Todos temos. Só espero que eles se ajudem, porque agora minha irmã precisa de toda a ajuda possível. Você não faz ideia do quanto o show foi importante para que ela melhorasse um pouco. — De repente, Luciana ficou triste, se lembrando dos momentos de euforia de Carolina seguidos pela tentativa de suicídio. — Eu me sinto culpada por não ter conseguido ajudar.

— Eu entendo — comentou Igor. — Às vezes, parece que estou falando com as paredes lá em casa.

Ela sorriu e ficaram os quatro em silêncio até Gabriel aparecer.

— O horário de visitas acabou — disse ele, sem graça.

Igor e a namorada se levantaram, e Luciana e Douglas fizeram o mesmo.

— E aí? — perguntou Igor.

Gabriel olhou todos e pareceu corar. Emanuele riu alto e Luciana sentiu um peso saindo de dentro do seu peito.

— Obrigada por ter vindo — disse ela, abraçando Gabriel. — Você vai voltar a vê-la? — perguntou, apreensiva, se afastando dele.

— Sim. Não sei como, mas quero ver Carol novamente.

— O número de que vocês me ligaram é seu? — perguntou Luciana e ele assentiu com a cabeça. — Ok, você também tem meu telefone. Vamos mantendo contato.

— Cara, obrigado — disse Douglas, abraçando Gabriel novamente, deixando-o ainda mais sem graça.

— Vamos? — perguntou Igor, percebendo que o irmão queria fugir dali, e os três saíram.

— Que demais — comentou Douglas, conseguindo arrancar uma risada da namorada.

Quando Henrique retornou ao quarto acompanhado por Luciana e os pais, Carolina sentiu o corpo todo estremecer. O olhar desolado da mãe e acusatório do pai não a deixavam confortável. Pelo menos havia a irmã, que tinha esperança nos olhos.

Luciana foi para o lado de Carolina e pegou sua mão.

— Conversei rapidamente com Carolina e chegamos a um acordo — disse Henrique, tentando amenizar o clima tenso do cômodo. — Sugeri que ela procurasse a ajuda de um especialista.

— Minha filha não é louca — respondeu Nélio.

— Ninguém está afirmando isso. Mas ela tentou algo radical e acho que o melhor é seguir um caminho seguro, com tratamento. O ideal é focar no que ela gosta de fazer, no que a deixa feliz. Tratar da melhor forma possível, para que o sofrimento que está enfrentando seja amenizado e que o episódio de hoje não volte a se repetir.

— Você quer interná-la? — perguntou Verônica.

— Não vejo necessidade nisso. Podemos tratar com remédios e acompanhamento de um especialista. Costumo recomendar visitas a um psiquiatra e psicólogo.

— Isso tudo é um exagero — disse Nélio, revirando os olhos.

— Sinto muito, mas depressão é um assunto sério. Muitas pessoas no mundo são afetadas pela doença, principalmente jovens que tendem a se ver tão devastados que não encontram outra alternativa a não ser encerrar a vida — explicou Henrique.

— Ora, que palhaçada! Essa juventude de hoje anda fresca demais, dramática demais. Tudo é o fim do mundo — resmungou Nélio.

— Chega! — gritou Luciana, após Carolina apertar sua mão, em desespero. — Vocês ainda não entenderam que a Carol precisa de ajuda? Estou há meses dizendo isso e ninguém me ouve.

Carolina respirou fundo e decidiu entrar na conversa. Não sabia ainda como encarar os pais, mas eles precisavam aceitar de vez o que estava acontecendo com ela.

— Não tentei tirar a minha vida para chamar atenção. Eu realmente queria morrer. Se tivesse aguentado a dor do corte e não tivesse gritado... Se a Lu não estivesse em casa...

Carolina parou de falar, controlando as lágrimas que escorriam pela bochecha. Luciana fungou e todos no quarto ficaram calados, constrangidos. Henrique pigarreou e voltou a controlar a tensão do ambiente.

— Bem, tudo tem que ser discutido e resolvido entre vocês. Estou apenas dando minha opinião de especialista. Carol me parece uma boa garota, com uma boa criação. Se optarmos pelo tratamento, em pouco tempo ela apresentará uma melhora significativa.

Ninguém respondeu. Nélio encarava o teto, tentando se acalmar. Verônica olhava a filha, devastada, e Luciana se sentia esgotada. Foi Carolina quem quebrou o silêncio incômodo.

— Vou ficar internada até quando?

— Queremos deixá-la mais uns dias em observação, embora acredite que não precisará ficar muito mais tempo. Aconselho alguém a dormir aqui com você hoje, para fazer companhia — disse Henrique.

Para me impedir de fazer outra besteira, pensou Carolina.

— Eu quero que a Lu fique comigo enquanto eu estiver aqui. Se puder — disse ela, percebendo que a mãe ia se oferecer para passar a noite ao seu lado.

— Se ela for maior de dezoito anos, pode sim — disse Henrique. Ele percebeu uma movimentação dos pais para protestar e se adiantou. — Antes de irem embora, gostaria de conversar com os dois.

Os pais foram pegos de surpresa e ficaram sem reação. Ambos se despediram de Carolina e deixaram as filhas no quarto.

Henrique levou os dois para o hall do andar, que estava vazio àquela hora. Todos se acomodaram no sofá, e ele respirou fundo para entrar em uma conversa delicada.

— Sei que para quem está de fora, a depressão parece algo superficial. O que aconteceu com a Carolina é sério e deve ser tratado assim.

— Você está insinuando o quê? Que não sei cuidar da minha filha? — disse Nélio, na defensiva.

— Não, não estou julgando vocês, nem ela. E é isso que precisam ter em mente. Não se deve julgar quem está deprimido, por mais banal que o problema possa parecer.

— Não pensamos que fosse algo grave. Ela teve o episódio da foto divulgada na internet e passou a ficar mais no quarto, mas imaginamos que era normal — comentou Verônica, tentando segurar as lágrimas.

— Muitos pais não percebem o que acontece com os filhos porque acham que a introspecção é normal e passageira, comum da idade. Em muitos casos é, não há nada além de reclusão, mas na maioria há algo acontecendo. Pode começar com uma pequena coisa e aos poucos vai aumentando. Varia de caso para caso — explicou Henrique.

— Sempre pensei que o fato de ela ficar isolada no quarto era bom, assim ficava longe da rua e de seus perigos — comentou Nélio, um pouco mais calmo.

— Muita gente imagina isso, mas às vezes o perigo está mais próximo. Hoje em dia, com acesso à internet, redes sociais e diversos aplicativos, é difícil controlar o que os adolescentes fazem. A maioria dos pais não faz ideia do que se passa na vida dos filhos, e não vê o perigo se aproximando. Muitos pensam como vocês, que é melhor deixá-los fechados no quarto, que assim eles estão protegidos.

— Nem sempre elas se abrem com a gente. É tão complicado, a vida é tão corrida — justificou Verônica.

— Não estou falando que a culpa é de vocês, entendam bem. Só quero chegar a um consenso, ajudar no que for preciso. Se ela aceitar acompanhamento de um especialista, isso é ótimo porque é o início do caminho em direção a ficar boa. — Henrique encarou os pais de Carolina e decidiu entrar no assunto mais delicado daquela noite. — Tenho outra coisa para falar. É um pouco complexo para os pais entenderem e espero que perdoem minha intromissão, mas já conversei com ela e espero que isso também seja tratado, para não acontecer mais. É sobre a decisão que Carolina tomou.

— Sim, ela cortou o pulso — respondeu Nélio, tentando manter a voz firme.

— Não apenas isso. Não é uma regra, mas algumas pessoas que tentam o suicídio através de um corte já fizeram isso antes. Conversei sobre o assunto com Carolina, a respeito da automutilação, e fiquei mais tranquilo em saber que ela nunca recorreu a tal medida.

Nélio e Verônica ficaram um tempo encarando Henrique, até os dois entenderem ao que ele estava se referindo.

— Você está dizendo que... — Verônica começou a chorar e Nélio colocou a mão em suas costas, consolando-a.

— Infelizmente a automutilação é mais comum do que se possa imaginar — explicou Henrique. — Como hoje foi a primeira vez em que ela decidiu se cortar, não há motivos para se desesperarem, mas precisamos ficar alerta. Ela disse que já havia pesquisado sobre o assunto, mas nunca chegou de fato a fazer, o que já é uma conquista.

— Meu Deus! Por que alguém faria algo assim com o próprio corpo? — perguntou Nélio, perdido.

— Algumas pessoas veem na dor física um alívio para a dor sentimental. A automutilação está se tornando cada vez mais popular entre os jovens, pois eles sentem que precisam dar vazão instantaneamente àquela angústia que os consome, então deslocam o sofrimento para o corpo. Infelizmente não percebem que essa não é a saída para seus problemas, que se machucar não é algo bom para eles e que, a longo prazo, a dor infligida na pele só torna tudo pior.

— Como assim ficando popular? A que ponto chegamos! — questionou Nélio, para ninguém especificamente.

— Sei que é difícil entender o que leva alguém a se cortar, mas tentem não condená-la. E tentem abordar o assunto com cautela, se quiserem. Mas, se preferirem, não precisam falar nada, se ela estiver vendo um especialista que possa cuidar disso, façam como for mais confortável para a família. Para muitos, é extremamente doloroso tocar no assunto com o filho. O importante é ficarem atentos a qualquer alteração de humor dela, mas o acompanhamento de um especialista vai facilitar esse entendimento, dela e de vocês. Há muito que podem fazer em casa. Tentem deixá-la à vontade para os procurar, sentir que não será julgada, mas, sim, ouvida. Que terá sempre apoio e ajuda de vocês. É importante para um filho saber que pode sempre contar com os pais, por pior que seja o que ele tenha a lhes dizer. Ela precisa sentir confiança para conversar, se abrir.

— Não sei mais como agir com minha própria filha — disse Verônica para Nélio. Eles se abraçaram.

— Ela é uma garota que parece querer lutar, isso que importa. Carolina optou por uma decisão severa, perigosa, mas talvez agora veja a vida com outros olhos. E se tiver apoio em casa, tudo ficará bem dentro de algum tempo. Como falei antes, não a julguem, conversem e escutem o que ela tem a dizer. Mantenham a cabeça aberta para os pequenos problemas que ela possa enfrentar. — Henrique se levantou e estendeu um cartão a Nélio. — Aqui estão os meus contatos. Ela demonstrou interesse em fazer o tratamento comigo, mas claro que isso fica a critério de vocês. Será um prazer ajudá-la e recomendo que vocês também procurem a terapia, caso sintam necessidade. Pedir ajuda não é sinal de fraqueza.

Ele deu um sorriso acolhedor e se afastou dos pais de Carolina, deixando-os imersos em seus pensamentos. O primeiro passo havia sido dado, agora era com eles.

Luciana fechou a porta do quarto assim que os pais saíram e voltou para perto da irmã.

— Ok, agora me conte tudo!

Carolina deu um sorriso triste e se ajeitou na cama.

— Não vai antes me julgar e me condenar?

— Não. — Luciana balançou a cabeça e se jogou no sofá que havia no quarto. — Sempre disse que estou aqui para o que precisar. Confesso que me sinto culpada por não ter visto os sintomas antes, sinto que falhei. Mas não vou te julgar, só você sabe a dor que sentiu quando viu o Fabrício na universidade. — Ela parou de falar e encarou a irmã. — Estou muito triste por você achar que não existe solução e que o melhor a fazer é acabar com tudo. Estou aqui sofrendo porque você ia me abandonar. Sei que estive distante nos últimos meses porque comecei a namorar, mas sou sua irmã. Você pode me contar tudo, absolutamente tudo. Eu te amo, Carol, você é a pessoa mais importante do mundo para mim.

— Você também é.

— Não parece, porque você ia me deixar. — Luciana deu um sorriso triste. — Eu disse que não ia falar nada e fiz um discurso. Só quero que saiba que estou aqui e pode contar comigo sempre.

Elas ficaram em silêncio por alguns segundos.

— Não fica com raiva de mim, nem briga comigo. É algo complicado de explicar... Esse vazio todo que senti desde que tudo aconteceu...

— Eu sinto que me distanciei de você por causa do meu namoro.

— Claro que não, Lu! Nunca achei ruim o fato de você estar com o Douglas, eu gosto muito dele.

— Eu sei. Mas você estava triste e sozinha e eu deixei isso acontecer.

— Não foi culpa sua, eu que me afastei e me deixei levar pela tristeza. Eu não deixei que você estivesse presente, me ajudando. Apenas aceitei que minha vida era uma droga e nada podia mudar isso, porque a culpa era toda minha. Eu me sentia um lixo.

— Carol, entenda que há tanta coisa boa no mundo, abra seus olhos para as coisas simples. Eu imagino que, às vezes, é difícil se levantar de manhã sabendo de tudo o que te aconteceu, mas você não pode se entregar. Você tem que ser a primeira pessoa a querer mudar isso. Pode ser difícil, mas a iniciativa de melhorar tem que partir de você. Estou sempre do seu lado, mas se você não me deixa ajudar, fica difícil.

— Eu vou tentar. É só que é dolorido... Eu me senti tão sozinha, mesmo você estando ao meu lado. Senti que não havia nada que pudesse me deixar melhor, só mesmo...

— Desculpa, Carol. — Luciana se abaixou, abraçou a irmã e começou a chorar. Carolina retribuiu o gesto. — Desculpa por não ter percebido o quanto você estava mal. Achei que um dia a tristeza ia passar, mas pelo visto ela foi só aumentando.

— Não foi sua culpa. Eu também não ajudei, eu me fechei para tudo, inclusive para você.

Luciana se sentou na cama, de frente para a irmã, e segurou sua mão.

— Promete que a partir de hoje vai me procurar sempre que estiver triste, se achando a pior pessoa do universo?

— Prometo. — Carolina deu um sorriso nervoso, controlando as lágrimas nos olhos. — Vou tentar melhorar. Desculpa por ter feito você sofrer.

— Eu só te perdoo se você me contar tudo o que rolou com o Gabriel. — As duas riram, diminuindo um pouco a tristeza no quarto. — Até agora estou tentando processar a visita dele.

— Foi demais, Lu! Ele é todo doido e ferrado, assim como eu. — Elas riram ainda mais. — Ele é um doce.

— Eu quase surtei quando ele apareceu na minha frente. Douglas só faltou beijar o cara, de tão feliz que ficou ao vê-lo aqui.

— Douglas deve estar decepcionado comigo, né?

— Não. Ele está frustrado por não ter ajudado, assim como eu. Ele gosta de você como se fosse a irmã dele. Mas agora você vai ter que aguentar a gente. E pelo visto vai aguentar o Gabriel também, não é mesmo? Ele disse que quer te ver de novo.

— Ele me beijou — sussurrou Carolina.

— O QUÊ? Como assim, me conta tudo! — disse Luciana, um pouco alto.

— Foi muito rápido, o médico interrompeu. Mas foi perfeito.

Carolina e Luciana passaram boa parte da noite conversando sobre o encontro inusitado com Gabriel. As duas se sentiram próximas, como antigamente, e Luciana esperava que agora a irmã fosse melhorar de verdade. Carolina estava diferente, nem parecia a mesma de manhã. Tudo aconteceu tão rápido, mas sentiu que a irmã estava na direção para ficar bem, embora soubesse que havia uma longa caminhada pela frente. Estava disposta a fazer de tudo para que Carolina ficasse boa. Ela não ia desistir.

Capítulo 15

"Oh, por favor, diga para mim
Você me deixará ser seu homem"
I Wanna Hold Your Hand, The Beatles

Demorou dez minutos para Igor começar a me interrogar sobre o encontro com Carolina. Eu ainda estava absorto no beijo que demos, no calor de seu corpo, na intensidade de sua respiração, e custei um pouco a escutá-lo no banco da frente, chamando minha atenção enquanto dirigia para casa.

— O que vocês conversaram? Foi tudo bem? Dá para prestar atenção em mim? — perguntou ele, várias vezes seguidas.

— Foi tudo bem — respondi.

— Só tudo bem? O que você falou para a menina?

— Para de ser curioso, Igor! — repreendeu Emanuele. Ela estava no banco do passageiro na frente e se virou para trás e me encarou. — Você não é obrigado a falar nada.

— Claro que é! Se deixar por conta dele, é capaz de perder a garota — resmungou Igor.

— Credo, você fala como se eu fosse uma criança — critiquei.

— Às vezes, você parece uma. — Ele bufou. — Não vai me dizer que contou a ela que tem TOC?

— É... — gaguejei e fiquei calado.

— Não acredito! — disse Igor, um pouco alto demais, dando um soco no volante. Ele parou em um sinal e olhou para mim, revirando os olhos. — Você está maluco? A garota vai fugir na mesma hora se souber que você é cheio de obsessões e neuroses. Nenhuma pessoa aguenta isso.

— Ela não é uma garota qualquer — comentou Emanuele.

— Sim, ela também é problemática — acrescentei.

Emanuele se virou para mim e balançou a cabeça.

— Não foi isso que eu quis dizer. Ela é diferente porque é um pouco triste, como você, e tem alguns problemas sim, mas ela também gosta de você.

— Um pouco triste? A menina tentou se matar! — disse Igor.

Eu me encolhi no banco de trás, suando frio. Minhas mãos tremiam e meu peito ficou apertado. Gemi alto, implorando para Igor parar. Ele se desculpou e passamos o resto do trajeto até em casa em silêncio.

Ao entrar no meu quarto, liguei o ar-condicionado no mínimo, caí na cama e fiquei deitado, embaixo do edredom, respirando profundamente até me acalmar e me sentir seguro.

A movimentação no quarto do hospital começou cedo. Luciana acordou com os médicos e enfermeiras entrando e saindo, tirando sangue de Carolina para exames e fazendo perguntas sobre a noite da paciente. Ela quis responder que se pudessem dormir até mais tarde, a irmã estaria melhor, mas guardou suas críticas para si mesma.

— Pena que você não terá alta hoje, vai ser dose aguentar outra manhã assim — resmungou Luciana, quando o entra e sai de pessoas diminuiu.

Carolina se sentou na cama e observou, desanimada, a bandeja de café da manhã deixada por uma enfermeira.

— Quer dividir comigo? Tem muita coisa aqui.

Luciana se levantou e deu uma olhada no que havia para a irmã: um pacote com duas torradas industrializadas, um iogurte, um suco, duas fatias de abacaxi.

— Pode comer tudinho. Isso aí é pouco para nós duas, eu vou lá embaixo ver se consigo algo para mim.

— Não vou comer tudo — respondeu Carolina.

— Vai sim. — Luciana se posicionou em frente à irmã. — A primeira regra para eu te perdoar é você voltar a comer como uma pessoa normal.

— Chantagem agora?

— Você não viu nada. — Ela sorriu e pegou a bolsa. — Já volto.

Antes que conseguisse sair do quarto, a porta se abriu e Sabrina apareceu.

— Oi, posso entrar? — perguntou ela.

— Claro! — respondeu Luciana.

Sabrina entrou e se controlou quando viu Carolina. Deu alguns passos em direção à amiga e começou a chorar.

— Que bom que está bem — comentou Sabrina, abraçando Carolina.

Elas ficaram abraçadas até Luciana interromper.

— Como você entrou? Ainda não está no horário de visitação.

— Eu e o Júlio apenas fomos entrando — disse Sabrina, sem graça.

— Ele está aqui? — perguntou Carolina, ficando tensa.

— Sim — respondeu Sabrina. — Não tive como inventar uma desculpa, ele viu seu estado na universidade ontem e como eu fiquei quando soube que... — Ela parou de falar e enxugou uma lágrima. — Desculpa, Carol, sei que você não gosta que as pessoas saibam do que aconteceu com você, mas precisei contar para que o Júlio entendesse. E ele quer falar com você, se desculpar pelo modo como agiu desde que te conheceu. Se você quiser falar com ele, posso pedir para entrar.

Carolina ficou em silêncio, olhando Luciana. Esta levantou os ombros, como se dissesse que a escolha era da irmã.

— Você sabe que eu não gosto dele — disse Carolina.

— Sim, mas ele está realmente arrependido — comentou Sabrina. — É claro que, se você quiser, ele vai embora sem te incomodar. Só acho que seria bom vocês dois se entenderem.

Carolina olhou o pulso enfaixado e concordou com a cabeça. Precisava se forçar a ter uma nova vida e a abrir espaço para as pessoas. Mesmo que fosse para alguém como Júlio.

— Ok, pode deixar ele entrar.

— Bem, então enquanto ele fica aqui implorando pelo seu perdão, a Sabrina vai comigo buscar algo para eu comer — disse Luciana. — E você, Carol, vê se come tudo aí. E não desculpe o Júlio tão fácil, faça-o sofrer um pouco.

Luciana piscou para a irmã e saiu, fazendo Sabrina reclamar de suas palavras.

Carolina puxou a bandeja e se forçou a tomar um pouco do suco. Quando Júlio entrou no quarto, ela tentava terminar a primeira fatia de abacaxi.

— Oi — disse ele, sem graça. Ela o encarou séria e enfiou um pedaço da fruta na boca. Júlio parou na beirada da cama, as mãos nos bolsos da calça, parecendo constrangido. — Sabrina me contou sobre seu ex.

Carolina continuou encarando-o e terminou de comer a primeira fatia de abacaxi antes de falar.

— Ok.

Júlio deu um passo em direção a ela, mas decidiu voltar para a extremidade da cama.

— Vim aqui para pedir desculpas. Foi difícil convencer a Sabrina, ela não queria me trazer de jeito nenhum. Sei que fui um idiota desde o começo das aulas, quando te conheci, mas quero pedir desculpas. Eu não sabia de nada.

Carolina abriu o iogurte e deu uma colherada.

— Você me perturbou durante meses, sempre me enchendo a paciência por eu ser quieta.

— Eu não sabia. Só achei que você era um pouco estranha, diferente da Lu. Se soubesse a verdade, jamais teria te tratado daquele jeito.

— Pois é, esse é o grande problema das pessoas. Elas julgam os outros pelo que acham ser verdade, mas não se preocupam se estão fazendo uma ideia errada ou não. Você foi um babaca comigo e eu só aguentei pela Sabrina.

Carolina o olhou em desafio e ele abriu a boca para protestar, mas desistiu ao ver o pulso enfaixado da garota.

— É verdade. Fui um babaca e me arrependo. Sei que não devia ter feito piadinhas ridículas sem saber o que se passava com você.

— Sim, porque isso não te dizia respeito. Meus problemas são meus problemas. Se você mal me conhece, não tem que me julgar nem ficar me provocando, apenas me aceite como sou, pela Sabrina, como eu fiz com você. E se eu fosse quieta mesmo, se esse fosse meu jeito, qual o problema?

— Você está certa. Peço desculpas por tudo o que falei. E quero tentar ter uma nova relação com você. Não por pena, nem nada assim, mas pela Sabrina. Quero me redimir e te ajudar, se você permitir. Eu e a Sá.

Sem aguentar mais o olhar severo de Carolina, Júlio baixou os olhos e ficou arranhando com o dedo uma parte da cama.

— Não sei como vai ser quando eu sair daqui. Não quero pensar em nada agora, mas fico feliz por você assumir que errou. Não posso prometer nada, mas quem sabe um dia a gente possa conversar normalmente — disse Carolina.

Ele levantou os olhos e deu um sorriso curto. Andou até ela, um pouco sem graça. Carolina percebeu que ele não sabia o que fazer, como agir. Júlio apenas tocou a cabeça da garota, saindo em seguida.

Fiquei quase 24 horas trancado no meu quarto desde que voltei do hospital. Eu me senti muito mal com a discussão que tive no carro com Igor na noite anterior. Tentei sair debaixo das cobertas algumas vezes, sem sucesso, e decidi que precisava melhorar da minha crise antes de voltar a ver Carol.

Troquei algumas mensagens com Luciana, que me confirmou que ela ficaria internada provavelmente até quinta. Pensei em voltar ao hospital para vê-la na quarta, mas ela me contou que conversou com o namorado e eles acharam melhor eu esperar Carolina receber alta. O ambiente hospitalar não era o melhor lugar para ela recomeçar. Fiquei aflito, sem saber se ela percebera alguma alteração na minha voz por causa da minha crise, ou se eles chegaram à conclusão de que eu era um *stalker* perigoso, que precisava ser mantido longe de Carol.

Pensei em protestar ao telefone, mas, ao me acalmar e refletir sobre o assunto, percebi que ela estava certa. Ou talvez foi o fato de Carol concordar com eles e eu não poder fazer nada.

Conversei um pouco com Carol pelo telefone, mas não era a mesma coisa. Apenas trocamos amenidades, falando sobre coisas banais. Não falamos sobre nossos problemas, nem sobre o beijo; isto era uma questão para quando nos encontrássemos pessoalmente.

Nos dois dias seguintes, saí do quarto apenas para comer algo. Mal conversei com Igor, como uma forma de puní-lo pelas coisas que ele falou no carro. Sei que dar uma lição em meu irmão mais velho me tornava infantil, como ele me rotulou, mas era mais forte do que eu.

Com a reclusão, aproveitei para trabalhar na música que estava compondo para Carol. Por precaução, mantive o quadro do meu quarto no lugar certo.

Não custava prevenir.

O caminho até o apartamento da família Ramos foi feito em silêncio, como vinham sendo os momentos em que Nélio e Verônica ficavam perto das filhas. Durante o tempo em que Carolina esteve internada, Luciana não saiu do lado da irmã, faltando às aulas da universidade. De tarde, Douglas e Sabrina iam lá ficar com a amiga, assim como os pais dela, que apareceram para buscar as filhas no hospital no final da manhã de quinta-feira. Henrique foi até o quarto conversar brevemente e autorizar a alta da paciente.

Ao chegar em casa, Carolina fez menção de ir para o quarto, mas o pai a chamou e a fez se sentar no sofá. Luciana foi para o lado da irmã, como uma forma de apoiá-la e protegê-la, pois não sabia o que viria a seguir.

— Sua mãe e eu conversamos muito estes dias — comentou Nélio. Ele e a esposa estavam em pé, parecendo desconfortáveis com a situação. — Não acreditamos quando sua irmã falou que você estava com depressão. Eu mesmo fui culpado em achar que era uma fase e que em breve ia passar.

Ele fez uma pausa, como se buscasse as palavras que diria a seguir. Verônica decidiu se pronunciar, tentando controlar o tremor na voz.

— O período depois do que aconteceu com a foto... o que o Fabrício fez... você... — Ela fechou os olhos e respirou fundo até se acalmar e continuar. — Depois de tudo, pensávamos que era melhor você ficar mais quieta, no quarto, que assim estaria protegida dos problemas que acontecem do lado de fora de casa. Não notamos que você estava mal aqui, que o fato de ficar só no quarto não era legal e que...

Verônica começou a soluçar e não conseguiu continuar. Ela se sentou em uma poltrona e o marido se sentou ao seu lado, no braço do móvel. Ele colocou a mão no ombro dela e levantou a mão quando Luciana abriu a boca para falar.

— Espere, minha filha, deixe-me terminar. — Nélio olhou Carolina. — Sentimos muito por não termos levado em consideração seus problemas, não termos levado a sério a depressão. Sinto muito por ter achado que é uma frescura de adolescente, que não tem mais o que inventar para chamar atenção. E quero que saiba que, apesar de tudo, estamos abertos e prontos para conversar sobre o que quiser. Queremos te ajudar e fazer com que fique bem. Se quiser se consultar com o médico do hospital, eu te apoio. Nos últimos dias, passei boa parte do meu tempo pesquisando sobre o assunto na internet. Acho importante você ter um acompanhamento de um especialista.

Nélio fungou e percebeu as lágrimas nos olhos das duas filhas.

— Eu gostaria de me tratar com ele — respondeu Carolina.

— Que bom. — Ele se forçou a sorrir. — A partir de agora nossa família vai tentar passar mais tempo no mesmo cômodo. Não quero saber de ficarem fechadas durante dias no quarto, e quero que se sintam à vontade para falar sobre seus problemas, não importa quais sejam e por pior que possam parecer. Estamos aqui e amamos vocês, independente de qualquer coisa. Não é tarde para mudar.

— Não — disse Luciana, indo até os pais, abraçando-os.

Depois da conversa com os pais e um almoço emotivo em família, Luciana ficou com a irmã no quarto dela. As duas estavam deitadas na cama, conversando e ouvindo música.

Várias vezes o celular de Luciana tremeu ao receber mensagens de Douglas, querendo notícias de Carolina.

— Você sabe que pode sair com ele, certo? — comentou Carolina.

— Sei, mas hoje quero ficar com você.

— Não precisa me vigiar, não vou fazer nenhuma besteira.

— Eu sei, mas hoje o dia é seu. Amanhã vou ter que voltar para a universidade, então me deixe ter uma quinta-feira que mais parece um domingo — disse Luciana, checando o celular novamente. — Se ele enviar mais alguma mensagem, vou terminar o namoro — brincou. Ao ler o que chegou há pouco, ela se levantou rapidamente e encarou a irmã. — É o Gabriel!

Carolina prendeu a respiração e sorriu. Seu coração acelerou.

— O que ele escreveu?

— Ele quer vir aqui.

— Vir aqui? — disse Carolina, um pouco alto. Ela olhou o quarto e encarou os pôsteres na parede. — Ele não pode vir, imagina o Gabriel entrar aqui, ele vai ver a minha parede coberta de fotos dele!

— Ele não precisa vir ao seu quarto, você pode recebê-lo na sala.

As duas se encararam e sabiam que não era uma boa escolha, pois os pais não foram trabalhar naquele dia para ficarem em casa com as filhas.

— Sem chance, não quero a mamãe espionando.

— O que eu respondo? Ele sabe que você teve alta e quer te ver.

Carolina ficou perdida. Queria encontrar Gabriel e conversar melhor com ele, já que foram interrompidos no hospital pela chegada do médico, e as trocas de telefonemas não foram suficientes enquanto esteve internada.

— O que eu faço?

— Acho que não tem problema ele vir aqui, Carol. Ele já sabe de todos os seus podres mesmo. — Luciana deu de ombros, arrancando um sorriso rápido da irmã. — Ele só quer te ver e eu sei que você quer vê-lo também.

— Mas... — Carolina mostrou os pôsteres nas paredes.

Luciana olhou as fotos que a irmã indicou e começou a digitar no celular.

— Aproveita que ele vem aqui e pede para autografar cada um deles — brincou, recebendo de Carolina um soco de leve no braço.

A mensagem de Luciana confirmando que eu podia visitar Carolina me deu ânimo para finalmente sair debaixo das cobertas e encarar o mundo e meu irmão.

Encontrei Igor no quarto dele, conversando ao telefone com meu pai. Fiquei uns dois minutos parado na porta, esperando que desligasse.

— Está melhor? — perguntou, com cautela.

— Sim. — Apontei para o celular em suas mãos. — O que ele queria?

— Avisar que volta semana que vem.

Estremeci e pensei em como ficaria minha vida com o retorno do meu pai. Nos últimos meses, me acostumei a ficar em casa e aguentar apenas o julgamento de Igor. Não tinha tanta certeza se meu pai apoiaria meu envolvimento com uma garota deprimida e que tentou se matar.

— Como está a mamãe? Ela volta também?

— Está progredindo no tratamento, mas ainda ficará internada por um tempo. Se ela melhorar, pode ser que volte no começo do ano que vem.

Uma tristeza me invadiu. Queria que ela voltasse agora, queria contar sobre Carol e que as duas se conhecessem. Sentia muitas saudades dela, mas não havia nada que eu pudesse fazer para ajudá-la, apenas torcer para que o tratamento desse resultado logo.

— Você me leva até a Tijuca?

Igor me olhou confuso.

— O que você vai fazer na Tijuca?

— Visitar a Carol — respondi e dei um sorriso animador, mas não consegui contagiar Igor. — Não consigo pensar em ir daqui do Recreio até lá dirigindo. É muita rua, carro, pessoas, sinais... — comentei e senti um princípio de pânico tomar conta de mim ao imaginar o trajeto de minha casa até onde Carol morava.

— Ok. — Igor aceitou facilmente e fiquei surpreso. Ele parou na minha frente, antes de sair do quarto. — Estava pensando e cheguei a comentar com o papai sobre isso... Pensei que seria bom você voltar a se consultar com um terapeuta. O que acha?

— Acho que sim — respondi. Não havia pensado sobre essa possibilidade, mas se Carol estava disposta a se tratar e ficar bem, eu também devia fazer a minha parte.

— Pode ser aquele com quem você se consultou antes. Será que ele ainda é vivo?

— Dr. Amorim? Acho que ele é imortal.

Igor riu e balançou a cabeça.

— Vamos lá ver sua amada. Só vou chamar a Emanuele para ir junto, assim terei uma companhia enquanto você visita a menina.

O fato de ele não reclamar nem fazer algum comentário mexeu comigo. Eu fui um idiota a semana toda, mas Igor queria que eu melhorasse e estava disposto a ajudar, independente de quantas infantilidades eu fizesse.

Entrei em seu quarto e o abracei forte, pegando-o de surpresa. Não me lembrava de quando fora a última vez em que nos abraçamos.

— Obrigado — disse a ele, com sinceridade.

Com muito custo, Luciana convenceu os pais a ficarem no quarto. Verônica quis conhecer Gabriel, mas a filha argumentou que seria intimidante ele entrar em casa e dar de cara com os pais. Talvez eles pudessem aparecer ao longo da visita, ou só no final, para deixá-lo mais confortável.

Ao escutar a campainha tocar e saber que Gabriel entrou no apartamento, Carolina ficou nervosa. Já o encontrara antes, mas agora ele estava ali, na sua casa.

Luciana bateu de leve na porta do quarto de Carolina, que estava aberta.

— Gabriel está aqui — disse ela, sorrindo, e abrindo espaço para ele passar.

Carolina estava sentada na cama e fez sinal para que Gabriel se sentasse ali também. Ele olhou as paredes e riu.

— Gostei da decoração — disse ele, se sentando em frente a ela.

— Acho que combina comigo — comentou Carolina, tentando não corar.

— Certamente. Apesar de eu estar péssimo naquela foto ali — disse ele, indicando um pôster que fora feito com o intuito de ficar sexy.

— Eu gosto. — Ela deu de ombros e ficou pensando o que ele ia achar se pedisse que autografasse os pôsteres pendurados, como Luciana sugeriu.

— Então é aqui que você teclava comigo todos os dias? — perguntou ele, olhando em volta.

— Sim. Meu cantinho.

— Gostei. É aconchegante. — Os dois ficaram se olhando, ambos sem saber o que falar. Gabriel pegou a mão de Carolina, que sentiu o corpo ficar arrepiado pelo contato. — Como você está?

— Lutando — disse ela. — Meus pais conversaram comigo e concordamos que vou me tratar com o Henrique, o médico do hospital.

— Hum, o psicólogo galã?

— Nem notei — comentou Carolina, rindo. Ela quis falar que naquele dia não tinha olhos para mais ninguém, mas não teve coragem. — E você, como está?

— Tentando levar. Tem dias que são mais difíceis, você sabe. — Ele levantou os ombros. Sim, ela sabia e entendia. — Meu pai ligou hoje, ele volta semana que vem.

— Volta? — Ela franziu a sobrancelha.

— Ah, sim, esqueci que não te contei essa parte. Meu pai está na Suécia, com a minha mãe. Ela está se tratando em uma clínica especializada de lá.

— Pensei que ela estava internada em Macapá — disse Carolina, piscando um olho.

— *Touché*. — Ele riu, acariciando a mão dela. — Se tudo correr bem, ela volta no começo do ano que vem.

— Estou na torcida.

— Eu também. Espero que ela se cure totalmente. E eu também.

— Vai sim, eu vou te ajudar, se você quiser.

— Claro que quero. — Ele se aproximou dela e colocou a mão direita em sua bochecha. Carolina fechou os olhos. — Igor acha que podemos nos ajudar.

— A Lu também.

— E você? O que acha?

— Concordo com eles.

Gabriel levou a mão da bochecha para o pescoço de Carolina e depois sua nuca, puxando-a para perto. Ela sentiu a respiração acelerar e o coração bater forte quando ele a beijou delicadamente. Ele colocou a mão que estava livre na cintura dela, pressionando um pouco, enquanto ela o envolveu com os braços.

O ritmo do beijo acelerou um pouco para depois acalmar e se transformar em pequenos selinhos.

— Isso é bom — disse ele, fazendo-a rir. — Ah, preciso do seu número. Com minhas crises, me esqueci totalmente disso. E não dá para ligar para sua irmã sempre que eu precisar falar com você.

Ele entregou o celular para Carolina, que digitou o número de seu telefone. Gabriel colocou o aparelho em cima de uma mesinha e se ajeitou na cama, se encostando na parede e puxando Carolina para se aconchegar em seu peito. Eles entrelaçaram os dedos.

— Seu irmão também tem TOC? — perguntou ela.

— Não severamente. Ele tem algumas neuras, mas nada comparado a mim. Igor não gosta muito de maçanetas de locais públicos, nem corrimão de escada.

— Quem gosta? — comentou ela. — É tudo muito nojento, mil pessoas tocando nesses lugares.

Ele deu uma gargalhada e beijou o topo da cabeça dela.

— Sim, ele costuma dizer a mesma coisa. Ele também organiza as roupas no armário por cores.

— E você não?

— Bem... — Gabriel parou de falar e foi a vez de Carolina dar uma gargalhada.

— Você tem todas as neuras dele?

— Sim. Essas e a da piscina.

— O que tem a piscina? — perguntou ela, levantando a cabeça que estava encostada no peito dele, encarando-o.

— Bem, sabe como é, não entramos em piscinas de hotéis, clubes, casa dos outros.

— Por quê? — perguntou ela, mas imediatamente fez um sinal para ele não responder. — Por favor, não estrague o banho de piscina para mim.

— Tem uma lá em casa, é a única em que entramos. Você pode entrar nela sem sustos.

— Isso é um convite? — perguntou Carolina, sorrindo sem graça. Ele retribuiu o sorriso e a beijou novamente.

— Igor tem medo de que se você me conhecer de verdade, vai fugir, por causa das minhas obsessões — disse ele, quando o beijo terminou. — E eu tenho medo de que você fique com raiva por eu ser o culpado pelo que aconteceu segunda.

— Como assim? — Ela o olhou confusa, se sentando.

— Pensei que o universo estava equilibrado e tudo ia bem, então decidi deixar o quadro do meu quarto fora do lugar por uma hora, como forma de ir me tratando por conta própria. Quando o arrumei, vi sua mensagem no fórum e surtei.

Carolina beijou a testa de Gabriel.

— Não foi sua culpa. Eu não me cortei por causa de um quadro. Tentei tirar minha vida por meus motivos, não foi você — sussurrou ela.

— Fico pensando que fui eu, por não ter conseguido ver dois carros azuis enquanto o quadro ficou fora do lugar. Assim não anulei o efeito dele no equilíbrio das coisas — comentou ele. Antes que ela protestasse, Gabriel indicou a mesa de estudos dela, mudando de assunto. Não fora ali para ficar mais obsessivo e ter uma crise de pânico. — Você vai voltar para a universidade?

Carolina seguiu a direção do olhar dele.

— Sim. Pensei sobre isso no hospital e conversei com o médico e a Lu. Não posso abandonar minha vida por causa do... — Ela parou de falar e abraçou Gabriel forte. — Vai ser difícil, vou lutar contra isso todos os dias, mas preciso seguir em frente. Não vou deixar que ele me arruine mais uma vez. Vou tentar ser forte. Vou ser forte.

— Vai sim. Você já parece diferente, mais decidida.

— Preciso tentar ser. Quando ele vazou a foto, foi como se eu perdesse o rumo. Em outubro passado, completei dezoito anos e na semana seguinte fiz a tatuagem, tirando a foto alguns dias depois. Terminamos o namoro em novembro e em seguida ele postou na internet. Eu ainda tinha as provas finais para fazer e aguentei os olhares e piadinhas de praticamente todo o colégio. Muitas pessoas foram maldosas comigo, mas com a ajuda da Lu e da Sabrina, consegui me formar e tentar deixar tudo para trás ao entrar na Universidade da Guanabara. Apesar de a foto não ter viralizado porque o Fabrício retirou das redes sociais, por ameça de um processo feita pelo meu pai, todos no colégio viram. Eu tentei ser forte, mas estudei lá a minha vida toda, as pessoas me conheciam, meus amigos de infância, professores, todos sabiam que era eu, mesmo o Fabrício dizendo que fez uma montagem. Claro que ninguém acreditou. Isso me prejudicou internamente e comecei a ficar deprimida, foi muita pressão de uma vez só: a foto vazando, a decepção com alguém que confiava e conhecia praticamente a vida toda, as pessoas com quem convivia diariamente, as provas finais, a entrada na faculdade... E piorou este ano, depois que uma colega de curso fez um comentário sobre já ter visto minha tatuagem em algum lugar. Passei a ter medo de que todos no campus descobrissem sobre a foto. — Ela parou de falar e o encarou. — Você já sabe disso tudo.

— Sim, mas pode falar quantas vezes quiser, se te fizer bem. Nunca vou me cansar de ouvir você dizer o que quiser.

Ela concordou. Depois de tudo o que aconteceu, percebeu que falar sobre o assunto com alguém a fazia se sentir melhor e queria que Gabriel a ouvisse. Ele sabia de tudo por meio das conversas que tiveram pela internet, mas agora era ela narrando ao vivo. Colocar para fora em voz alta tinha um efeito tranquilizador, por mais dolorido que fosse reviver o passado.

— Foram períodos complicados, acabei me afastando muito da Lu e da Sabrina quando elas começaram a namorar no início deste ano. Eu me fechei e não deixei espaço, me encontrei no fórum do Depressivos e o resto você conhece bem.

— E agora tudo isso vai ficar para trás.

— Assim espero. — Ela se separou dele, se sentando na cama. — Preciso enfrentar meus medos, por piores que sejam. Não sou obrigada a conversar com o Fabrício, mas não posso deixá-lo vencer. A Universidade da Guanabara é o meu lugar e vai continuar sendo — comentou ela, esperando ter na prática a mesma força que sentia quando estava em seu quarto.

Carolina ficou olhando Gabriel, esperando que ele não desaparecesse da sua frente e ela percebesse que tudo foi um sonho bom. Ele continuou ali em seu quarto depois que ela fechou os olhos por um longo tempo.

— Um dia de cada vez — disse ele, fazendo fogos de artifício estourarem dentro do peito de Carolina ao beijá-la novamente.

Capítulo 16

"Oh, Angie, não chore, todos os seus beijos
continuam doces
Eu odeio essa tristeza em seu olhar
Mas Angie, Angie, não é a hora de dizermos adeus?"

Angie, Rolling Stones

Uma semana após desmoronar e ir ao fundo do poço, seguindo o conselho de todos, Carolina estava de volta à Universidade da Guanabara. Preferia ter ficado mais tempo em casa, mas decidiu não se entregar. Precisava lutar e quanto mais demorasse a retornar às aulas, pior. Não seria fácil, mas era melhor do que a derrota.

Ela respirou fundo ao chegar em frente ao prédio de Arquitetura, com Luciana ao seu lado. Sabrina esperava por elas ali.

— Pronta? — perguntou Luciana.

— Sim. Acho que sim — respondeu Carolina, tentando não tremer e não ter uma crise de ansiedade.

Ela observou o curativo em seu pulso esquerdo. Sabia que, a partir daquele momento, a cicatriz serviria como um constante lembrete de que podia vencer seus problemas, só precisava ter coragem para enfrentá-los.

— Posso ir com você até lá — comentou a irmã.

— Não, preciso vencer meus medos sozinha.

— Você não está sozinha, estarei ao seu lado o tempo todo — comentou Sabrina. — Não fique tão nervosa. Como te falei na semana passada, consegui descobrir que você vai fazer apenas uma aula com ele. Fabrício ficou na outra turma nas outras matérias.

Carolina respirou aliviada. Após sair do hospital, estava tentando colocar a vida nos eixos, com os pais mais abertos às conversas e se envolvendo mais na vida das filhas. Luciana mal saía de seu lado e Douglas foi um grande amigo. E ela também tinha Gabriel, que a visitou mais uma vez. Eles conversavam todos os dias pelo telefone.

— A gente se encontra na lanchonete da Dona Eulália para o almoço. Boa sorte e seja forte — disse Luciana, abraçando a irmã e indo para o Departamento de Marketing.

— Vamos? — perguntou Sabrina.

— Não tenho escolha — respondeu Carolina.

A manhã passou de forma tranquila. A aula que tinha com Fabrício não era na segunda, seria apenas na quinta, e Carolina relaxou um pouco. Ela não viu o ex-namorado e se sentiu mais aliviada quando se encaminhou para a lanchonete da Dona Eulália. Mesmo de longe, conseguiu avistar seus amigos reunidos.

Antes que pudesse se sentar ao lado da irmã, Rafael perguntou se eles podiam conversar e levou-a para fora da área das mesas.

— Fiquei sabendo que esteve doente — comentou ele. — Fico feliz em ver que melhorou.

Carolina tentou conter um riso irônico porque melhorar não era bem a palavra que usaria para descrever a si mesma. Mas saber que ele se preocupava era bom.

— Obrigada, Rafa. Estou enfrentando alguns problemas e espero ter a sua amizade.

— Douglas comentou alguma coisa sobre isso. Seu ex está aqui, né? Que droga, hein?

— Sim. Mas terei que lidar com isso. — Ela levantou os ombros.

— Pode contar comigo, claro. Somos amigos. E sei que apenas isso. Já disse, estou seguindo adiante, sei perceber quando não tenho futuro com uma garota — brincou ele, rindo, e Carolina se sentiu mal.

— Desculpa, Rafa. Não quis fazer você sofrer nem te iludir.

— Você não me iludiu. Eu me arrisquei e percebi que era algo sem futuro. Mas tudo bem, eu me contento com a amizade.

— Que bom. Eu não sou uma boa companhia para você no momento, estou com muita bagagem emocional, digamos assim. Apenas alguém parecido conseguiria me aguentar — comentou, pensando em Gabriel.

— Bem, estou aqui para qualquer coisa.

Eles foram para a lanchonete e quando chegaram próximos da mesa em que os amigos estavam, Carolina ouviu alguém gritar seu nome e sentiu o sangue gelar. Antes mesmo de se virar, ela reconheceu a voz. Enquanto olhava para trás, viu com o canto do olho a irmã, Douglas, Sabrina e Júlio se levantarem da mesa e se posicionarem ao seu lado, como uma barreira. Fabrício estava a dez passos dela.

— O que você quer? — perguntou Luciana, se colocando um pouco à frente da irmã.

— Só conversar — respondeu Fabrício, levantando as mãos como se estivesse se defendendo.

— Cara, dá um tempo e vaza — disse Douglas, ficando na frente de Carolina.

— Ei, Carol, só quero conversar, não vou fazer nada que possa te ferir — disse Fabrício, ignorando os outros.

— Sim, claro, isso você já fez — comentou Luciana. — Vai embora e deixa a minha irmã em paz.

Fabrício ainda tentou encarar Carolina, que desviou o olhar. Ele suspirou e se afastou.

— Você está bem? — perguntou Sabrina, ao perceber Carolina tremer.

— Não sei — respondeu ela.

— Vamos embora — disse Douglas e Luciana concordou.

Henrique conseguiu agendar a consulta de Carolina para as quartas à tarde, e ela gostou da ideia de ter o meio da semana para fazer uma análise de como andava a vida.

Há quase dois meses tentara o suicídio. Sua vida, desde então, mudara radicalmente, passando de dias solitários para almoços com a família, conversas com os amigos e encontros com Gabriel. Ela também estava se acostumando ao fato de o ex-namorado estar na mesma faculdade. Ele ainda tentou mais uma aproximação, mas depois desistiu de procurar por ela, pois Carolina estava sempre cercada pelos amigos, que a defendiam com garra.

— Vejo que está diferente hoje — comentou Henrique, quando Carolina entrou no consultório.

Ela usava uma blusa de alça e trazia um casaco na mão.

— Decidi seguir seu conselho de expor aos poucos minha tatuagem. É difícil, mas estou tentando.

— Vá devagar, como te falei.

Ela assentiu. Nas primeiras consultas, Carolina abriu seu coração para Henrique e contou do período difícil que enfrentou quando Fabrício postou sua foto. Ela falou da vergonha de ter o corpo exposto na internet e do arrependimento de ter feito uma tatuagem, que agora estava sempre escondida.

Em uma consulta posterior, ele praticamente só falou sobre a tatuagem, fazendo um trabalho com a garota para que a vergonha diminuísse e o arrependimento fosse embora. Sugeriu que Carolina voltasse a usar blusas e vestidos de alça, sempre com um casaco por cima, e o fosse tirando aos poucos. Cinco minutos na rua, dez no metrô, quinze na lanchonete. Ela ficou um pouco relutante com a ideia, até que a irmã e Gabriel a incentivaram a colocar a ideia em prática. Ainda era difícil tirar o casaco, mas aos poucos estava conseguindo.

— É esquisito saber que as pessoas estão vendo minha tatuagem. Mas, ao mesmo tempo, ninguém fica cochichando, como na época do colégio.

— Então os medos e os fantasmas estão desaparecendo? — perguntou Henrique.

— Não totalmente. Ainda não consigo usar uma blusa de alça na faculdade. A coragem não veio.

— Vá com calma, sem pressa. Dê tempo ao tempo. — Ele se ajeitou na cadeira. — Você já mostrou ao seu namorado?

— Não — respondeu Carolina em um sussurro. — Eu sei que é estranho porque ele sabe de tudo e estamos juntos há mais de um mês, mas é como se eu sentisse que essa parte de mim não pode entrar no nosso namoro, pelo menos por enquanto.

— Não se cobre quanto a isso. Na hora certa, você vai se sentir à vontade e, aos poucos, vai ficar confiante de mostrar ao mundo a tatuagem. Quem sabe um dia nem vai mais se lembrar do quanto ela te fez sofrer?

Carolina concordou com a cabeça e ficou perdida em seus pensamentos. Era bom ter Gabriel ao seu lado, ele não a pressionava para mostrar a tatuagem, nem a cobrava com relação aos seus problemas. Os dois se ajudavam e lutavam juntos para ficarem bem em um relacionamento onde a pressa não existia, tudo era feito ao seu tempo, exatamente como Carolina precisava no momento.

— Será que um dia toda a dor vai passar? — perguntou ela.

— Eu espero que sim. Você quer falar sobre isso hoje?

— Não sei. — Ela balançou a cabeça e se aconchegou em uma poltrona. Adorava aquele móvel, que parecia engoli-la e protegê-la.

— Você voltou a pensar em se cortar?

— Não, a ideia de me cortar me parece agora algo tão distante e absurdo. Nos dias em que me sinto mais triste, procuro minha irmã, como prometi que faria.

— Isso é bom. Se machucar de propósito não é algo saudável.

— Sim, eu sei. Tem dias que são mais fáceis, parece que tudo está normal. Aí eu o vejo na universidade e as lembranças ruins voltam à minha cabeça.

— Os sentimentos voltam com a mesma intensidade de antes?

— É um pouco confuso. Tem vezes que sim, em outras, se ele está distante e nem olha na minha direção, não é tão desagradável. É como se fosse um cara qualquer.

— Você já cogitou a possibilidade de conversar com ele?

A pergunta de Henrique a pegou desprevenida. Ficou pensando no assunto e sentiu uma angústia crescer dentro do peito.

— E falar o quê?

— Você não precisa falar, pode ver o que ele tem a te dizer.

— Tenho medo de ele me machucar de novo — comentou ela, mordendo o canto da unha do indicador.

— Você mesma me disse que ele falou que não era essa a intenção, da primeira vez em que a procurou. Pode ser que só queira se desculpar.

Carolina deu uma risada seca. Não havia perdão para o que Fabrício fez, pelo menos não no momento. Desconfiava de que jamais conseguiria perdoá-lo e tentou explicar isso a Henrique.

— Eu só queria que ele sumisse. Não era para voltar à minha vida.

— Sim, seria mais fácil sumir com tudo, mas ele está na mesma universidade que você. E, pode não parecer, mas por um lado é bom porque te ajuda a enfrentar seus medos e dores.

— Eu preferia não enfrentar nada — disse ela.

— Todos preferimos. — Ele riu e ela conseguiu sorrir. — É mais fácil fugir dos problemas, deixá-los para lá. Mas enfrentar te torna mais forte. Pode não parecer, você sente como se fosse o fim do mundo, mas a cada obstáculo atravessado, você fica mais forte para o que vem a seguir.

— Meu pai falou algo assim. Que problemas sempre existirão.

— Infelizmente. A vida seria bem melhor sem eles, não? — Henrique piscou o olho e Carolina relaxou. Adorava o período que passava no consultório dele, o médico sabia lhe transmitir calma e paciência. — Muitas pessoas vivem intensamente a dor, se apegam a ela de modo que bloqueiam espaço para viver a felicidade. O indivíduo está tão consumido pela tristeza e desespero que, muitas vezes, se está em um bom momento, não consegue perceber ou aproveitar. Deixa de viver uma alegria, um instante prazeroso com a mesma intensidade que vive a dor, porque não consegue mais ser atingido por isso. Hoje em dia, vejo uma valorização em levar ao extremo a dor negativa, principalmente entre os jovens. Vocês vivem a dor ao máximo, de forma intensa, e passam muito tempo focados nela, mas quando algo bom acontece, não é vivido com a mesma proporção.

Carolina analisou as palavras de Henrique.

— Acho que entendi. As pessoas muitas vezes preferem se apegar mais aos momentos tristes do que aos alegres, sem se preocupar em superá-los, é isso?

— Sim.

— Você acha que eu fiz isso?

— Não é questão de eu achar, é questão do que você acha.

— Olhando agora, depois de tudo o que aconteceu e das nossas sessões, vejo que algumas vezes sim. Mesmo saindo do colégio e indo para uma universidade onde ninguém me conhecia ou sabia da história da foto, eu agia como se todos soubessem.

— Exato. Você continuou revivendo aquele momento por quase um ano, como se não tivesse passado nem uma semana. E, com isso, não deu espaço para ver o que estava acontecendo de bom ao seu redor.

— Até o show. Foi aí que tudo mudou.

— O show te deu a chance de enxergar que coisas boas podem acontecer, que a vida não é só tristeza. Quando estamos mal, esquecemos disso. É como diz o ditado *"depois da tempestade, sempre vem a bonança"*. Na hora em que estamos no meio de trovões, não conseguimos enxergar isso, parece que o barco vai sempre naufragar. Mas se nos agarrarmos firmes ao leme e lutarmos contra as ondas, vamos perceber que o sol vai aparecer por detrás das nuvens. Afinal de contas, ele sempre esteve e estará lá.

— Falando assim, até parece fácil, mas na prática não é. Pelo menos para mim, não.

— Para muitos não. Mas vamos focar em você e tentar mudar isso aos poucos. Afinal de contas, este é o motivo de você estar aqui.

Carolina saiu da conversa se sentindo mais leve. Ao ver o carro de Gabriel parado em frente ao prédio onde ficava o consultório do psiquiatra, seu coração disparou de felicidade. Ela andou rápido até o carro, com um sorriso nos lábios que morreu ao abrir a porta e se sentar ao lado dele.

Gabriel estava suando e agarrado ao volante.

Desde que Carol passou a visitar o consultório do médico galã que eu ia encontrá-la. Ficava perto do condomínio onde morava e às quartas Igor me levava até lá, para que pudesse ver minha namorada.

Às vezes, Emanuele ia junto e nós quatro lanchávamos em um lugar próximo. Só que já estava cansado de pedir que Igor me levasse a todos os encontros com Carolina. Eu me sentia com doze anos de idade, dependendo do meu irmão mais velho para sair de casa. Era ridículo. Então, naquele dia, decidi que precisava vencer meu medo de dirigir e ir buscar minha garota.

No instante em que resolvi que buscaria Carol sozinho, já comecei a sentir um aperto no peito. Peguei as chaves do carro e abri a porta, tentando colocar na cabeça que tudo daria certo, era um trajeto pequeno e não haveria muito trânsito. Em menos de dez minutos estaria lá.

O aniversário de Carolina estava chegando e eu tinha uma surpresa para lhe mostrar. Finalmente havia terminado a composição que fiz pensando nela, e quis levá-la até a minha casa para dedilhar o violão e cantar apenas para Carol.

Precisava antes, porém, enfrentar meu pavor de dirigir. Igor ainda se ofereceu para me levar, mas meu pai, que voltou da Suécia no final de agosto, o impediu e disse que eu precisava ser homem o suficiente para dirigir um carro. Tentei não deixar suas palavras me afetarem ainda mais e segui rumo ao prédio onde encontraria Carol.

O percurso foi tranquilo, mas cheguei lá suando frio e com os nós dos dedos brancos, de tanto apertar o volante. Nem notei quando Carol entrou no carro e se sentou ao meu lado.

— Você está bem? — perguntou ela.

— Sim. Vou ficar — respondi, ainda controlando a respiração e sem coragem para encará-la.

— Quer que eu dirija?

— Não, já vai passar.

Ficamos em silêncio, eu respirando pausamente, olhando para frente, e ela esfregando minhas costas. Aos poucos relaxei, consegui soltar o volante e me encostar no banco.

— Melhor? — perguntou ela.

Concordei com a cabeça e finalmente a encarei.

— Que patético, não? Desculpa por me ver assim.

— Que é isso! — Ela deu um sorriso, me confortando. — Você já me viu pior.

Eu ri e concordei. Era verdade. Formávamos um casal perfeito.

— Aonde vamos? — perguntou ela, quando liguei o carro.

— Lá em casa — respondi.

Era a primeira vez que eu a levaria até meu quarto e estava nervoso.

— Ok — respondeu ela. — Como eu te ajudo? — perguntou, ao perceber que comecei a tremer.

— Só fale qualquer coisa, me distraia. Vou superar isso, prometo — comentei, sem graça.

Carolina começou a falar de um projeto que precisava fazer para uma aula. Não entendi nada nem prestei atenção às suas palavras, mas o som de sua voz me acalmou e chegamos ao condomínio sem que minha respiração ficasse ofegante.

Ao entrarmos em casa, apresentei-a a meu pai, que foi simpático na medida certa, sem dar muito papo. Ele ainda desconfiava de que uma garota pudesse resolver meus problemas, ainda mais quando soube onde eu a conhecera. Igor estava trabalhando em convencê-lo a aceitar meu novo relacionamento. Eu pouco me importava.

Subi com Carol para meu quarto e abri a porta. Ela olhou o cômodo e fez o mesmo comentário que eu ao entrar no quarto dela.

— Então é aqui que você teclava comigo?

— Aqui e em alguns quartos de hotéis.

Levei Carol até minha cama e fiz com que se sentasse ali.

— Este é o quadro? — Ela apontou para a parede atrás dela.

— Sim, o maldito.

— Por que não o tira? Não é mais fácil?

— Foi um presente da minha avó. E preciso trabalhar em deixá-lo torto às vezes. Você está lutando, eu também preciso começar a vencer meus medos.

— Ele não está torto agora.

— Eu ia te buscar. Não quis arriscar.

Levantei os ombros, como se isso justificasse a neura, e ela riu, uma risada gostosa, que me fez relaxar.

— Podemos entortar por alguns minutos, o que acha?

Senti um princípio de pânico tomar conta de mim, mas precisava ser corajoso. Desde que Carol voltou de seu inferno particular que vinha sendo forte e lutando contra seus problemas e medos. Eu tinha que fazer o mesmo para merecê-la, mas nem sempre conseguia. Respirei fundo, balancei a cabeça e um frio tomou conta de mim quando Carol ficou em pé na cama, foi até a parede e entortou o quadro um pouco.

— Ok, nada vai acontecer — disse alto.

— Não, só coisas boas — respondeu ela e veio até mim, me dando um beijo reconfortante. — Vamos ficar bem.

Concordei e ela pegou um travesseiro e colocou-o na cabeceira da cama, ficando meio deitada, meio sentada. Eu puxei uma cadeira e peguei meu violão.

— Eu te trouxe aqui para te dar meu presente de aniversário. Quando começamos a conversar e você passou a ficar na minha cabeça todos os dias, comecei a compor uma música.

— Uma música? Para mim? — perguntou ela, surpresa e feliz.

— Sim. Espero que goste. Ela se chama *O Som de Um Coração Vazio.*

Carolina riu.

— Um coração vazio não tem som.

— O meu estava vazio e tinha. O som do seu nome, do seu rosto, dos seus problemas. O som que habitou meu corpo e meu coração. — Eu a olhei e dedilhei algumas notas no violão. — Brega, né?

— Não, é lindo — disse ela.

Comecei a tocar e a cantar a música que fiz para Carol.

Ando pensando, imaginando
Quando será que irei te ver?
Meus dias passam lentamente
Não consigo te esquecer

Se você puder me ouvir
Se puder me encontrar
Imploro que alcance minha dor

Meu coração está vazio
Preciso preencher o espaço
O som do coração vazio
Só é real quando você está aqui

Eles disseram que eu devia esquecer
Que devia me perder
Mas em minha mente a única coisa que eu vejo é você

Posso até perder minha lucidez
Mas não me importo
Não consigo mais parar de pensar em você
O som do meu coração vazio
É você

Ao terminar da cantar, encarei Carol, que tinha as bochechas preenchidas por lágrimas. Deixei o violão encostado na parede e fui até ela.

— Ainda estou trabalhando na letra e na melodia.

— Não, deixe como está. A música é linda, eu amei — disse ela. — É perfeita.

Eu me sentei em cima da cama em frente a ela e a beijei. Carolina envolveu meu pescoço com os braços e segurei sua cintura. Conforme o beijo foi ficando mais rápido, eu a deitei na cama.

— Preciso te mostrar uma coisa — sussurrou ela, se afastando de mim.

Carol se sentou na cama e tirou o casaco, se virando de costas para mim. Fiquei um pouco confuso até ela levantar os cabelos castanhos. Ela usava uma blusa decotada, de alça, e ali, em suas costas, abaixo do ombro direito, estava sua tatuagem.

Era um desenho delicado, mostrando uma clave de sol de cerca de três centímetros. A parte de cima da clave era falhada, de onde saíam cinco pequenos corações.

— Uau — comentei.

— É o som de um coração vazio — comentou ela, me olhando.

Eu sorri e beijei o desenho, sentindo o calor da pele de Carolina através dos meus lábios.

Enfrentar seus medos, mentalizava Carolina ao andar em direção a Fabrício. Há semanas trabalhava a decisão que tomara, e precisava confrontar seu passado para poder seguir adiante e ter um futuro.

Claro que falar era uma coisa, fazer outra. Por isso, a cada passo que dava em direção ao ex-namorado, seu coração batia mais forte e o peito se comprimia. Pensou em desistir e dar meia volta, mas a palavra que todos lhe diziam nos últimos meses ressoava pela cabeça: força.

Era a força de vontade, de lutar e melhorar que a faziam se levantar todas as manhãs. *Um dia de cada vez*, como dizia Gabriel. E ele estava certo. Desde que passou a usar o lema, o ato de abrir os olhos ao acordar se tornou menos sofrido. Pensar no agora e não se desesperar tanto com o amanhã, encontrar coragem nas pequenas alegrias do dia a dia. Tudo fazia parte da nova vida de Carolina.

Fabrício estava sentado em um banco, mexendo no celular, e se assustou ao levantar o rosto e encontrar a ex-namorada parada à sua frente.

Ele olhou para os lados, talvez procurando os amigos dela. Viu Luciana e Douglas em pé a uma curta distância, e percebeu que eles estavam ali como apoio para Carolina.

— Alguns meses atrás você disse que queria falar comigo — comentou Carolina, controlando a voz para soar confiante.

— Oi.

Ele sorriu e tirou os cadernos do lado, fazendo sinal para que ela se sentasse. Carolina balançou a cabeça.

— Estou bem assim. O que foi?

— É, bem... Eu queria pedir desculpas pelo que fiz.

— Queria? Não quer mais?

— Quero, claro. Foi mal, tempo verbal errado — disse ele, tentando fazer uma piada, mas Carolina não riu. — Desculpa, de verdade. Fui um idiota naquela época.

— Sim, foi. Eu confiei em você! Jamais tiraria uma foto daquelas se não acreditasse totalmente na pessoa, mas você acabou com a confiança que pus no nosso relacionamento. Nunca esperei que fizesse o que fez.

— Eu sei. Entendo se não quiser me perdoar, não há nada que possa fazer para melhorar a situação e me redimir do que fiz.

— Todos no colégio sabiam que era eu.

— Mas eu falei que fiz uma montagem — justificou ele.

— Depois que todo mundo tinha visto a foto, ninguém acreditou! — Ela fechou os olhos, se controlando. — Por que veio para cá? Você prometeu ao meu pai que me deixaria em paz.

Ele esfregou as mãos, ligeiramente nervoso. Carolina percebeu. Isso a fez relaxar um pouco.

— Na minha antiga faculdade, comecei a namorar uma garota. Eu gostava muito dela, mas ela descobriu o que fiz. Um amigo da época do colégio acabou soltando. Mesmo ele falando que foi uma montagem, ela não acreditou e teminou o namoro. Eu já andava mal porque fiz você sofrer e, ao perceber que para sempre seria o imbecil que vazou a foto da ex, precisei de um tempo. Decidi vir para cá porque esse sempre foi meu sonho, e também para ter uma chance de pedir o seu perdão.

— Então você só me procurou porque não quer ficar rotulado? E eu posso ficar?

Ela fez menção de sair, mas ele segurou seu braço. O corpo de Carolina endureceu com o contato. Ele percebeu e a soltou.

— Calma, não é isso. Talvez tenha me expressado errado. Eu sabia que tinha feito algo muito ruim, e o fato de ela me enxergar de outra maneira quando descobriu só piorou. Porque me vi pelos olhos dela, como um monstro. E, assim, eu me vi pelos seus olhos. Sofri muito e sei que mereço tudo o que passei e ainda estou passando, mas quero melhorar. Não precisa me perdoar, só quero que saiba que estou muito arrependido, que me sinto o pior cara do mundo e que vou viver para tentar consertar o que fiz.

— Não tem conserto — sussurrou ela, olhando disfarçadamente a cicatriz no pulso, uma fina linha, mais clara que a pele.

— Tem razão. Mas quero que saiba que não precisa ter medo de mim. Eu apaguei a foto e jamais vou comentar com qualquer pessoa que seja sobre isso. E vou ficar fora do seu caminho aqui na universidade. Não precisa falar comigo nunca mais, quero que fique tranquila. Finja que não me conhece, farei o mesmo. E desejo que seja feliz, de verdade.

Ele se levantou e ficou parado próximo a ela. Carolina o encarou, enfrentando todos os seus medos e o turbilhão de sentimentos e dor que ocupavam seu corpo. Ele deu um sorriso triste e saiu, indo embora da vida dela.

A tarde chegava ao fim e Gabriel encarava a piscina. Ele e Igor estavam sentados há um tempo, olhando o movimento de pessoas que pulavam e nadavam de uma ponta à outra. Os dois pingavam de suor por causa do calor que fazia.

Uma criança se jogou na piscina em frente a eles, respingando água para todos os lados. Alguns pingos molharam Igor, que estremeceu.

— Não vou conseguir — disse ele, secando o braço o mais rápido possível.

— Vamos sim. Precisamos.

Carolina saiu da piscina, deixando Emanuele lá, e se aproximou deles. Ela estava molhada e se sentou no colo de Gabriel, que arfou e gemeu um pouco alto.

— A água está uma delícia — disse ela, beijando Gabriel, que hesitou antes de abraçá-la.

— Imagino — comentou Igor, travando os dentes.

— Vocês precisam entrar. Foi o combinado — disse Carolina, fazendo uma careta para Gabriel.

— Não sei de quem foi a brilhante ideia de passarmos o dia em um clube — resmungou Gabriel.

— Vocês estão aqui para enfrentarem os medos — disse Carolina. — É o que vive me falando. — Ela olhou o namorado. — Vive me falando sobre dor boa e ruim e essa é uma dor boa.

— Não é esse o contexto. Eu disse que existe a dor ruim, a da tristeza que não se pode fazer nada, como perder alguém. E a dor boa, que é a que te ensina, te fortalece e te faz seguir adiante.

— É mais ou menos isso. Vocês precisam seguir adiante e entrar na piscina. Vai ser uma dor boa.

— Tenho minhas dúvidas — disse Igor, se retraindo com a aproximação de Emanuele.

— Vamos? — chamou ela, ao parar em frente ao namorado. Igor encarou com nojo a mão úmida que Emanuele estendeu. — Meu Deus, Igor, não estou infectada, só molhada.

Ele assentiu e se levantou, relutante. Emanuele o puxou e o jogou de uma vez na água. Igor deu um grito ao cair na piscina, atraindo olhares das pessoas em volta. Gabriel sentiu o corpo vacilar.

— Acho que prefiro dirigir para casa — sugeriu ele.

— Isso é depois. Agora você vai nadar — disse Carolina, fazendo o namorado se levantar. — Por mim.

Gabriel a encarou e concordou, sem outra alternativa. Andou até a beirada da piscina, respirou fundo, fechou os olhos e, tremendo, se jogou na água.

Epílogo

"Você tem que aprender a engatinhar
Antes de aprender a caminhar"
Amazing, Aerosmith

O vento sopra fraco, tornando o clima no final de tarde na praia agradável. Tiro o tênis e Carolina faz o mesmo com a sandália. Ela pega minha mão e me leva próximo ao mar. Sinto a areia afundar sob meus pés e a sensação é de paz. Paramos e fecho os olhos, sentindo a brisa do mar bater em meu rosto. Abro os olhos para ver Carolina ao meu lado, sorrindo.

Estamos juntos há pouco mais de um ano e, a cada dia que passa, tenho visto minha namorada sorrir mais do que nunca. Isso me deixa feliz porque ainda lutamos para enfrentar nossos monstros. Estamos há meio caminho de uma vida normal e sei que ela irá melhorar. Ela sabe que eu irei melhorar, não importa quanto tempo demore. Os quadros tortos na parede já não me incomodam tanto quanto antes, e agora consigo dirigir sem suar frio ou entrar em pânico. Guiar um carro está voltando a ser prazeroso, ainda mais com Carolina ao meu lado.

Minha mãe voltou da Suécia há alguns meses e agora existe uma harmonia em casa. Não consigo me lembrar qual foi a última vez em que o ambiente familiar esteve tão normal como nas últimas semanas, e só tenho a agradecer.

— Quer começar? — pergunta Carolina, e concordo, me sentando na areia. Ela usa um vestido de alças e tem o cabelo preso, exibindo orgulhosamente a tatuagem formada pela nota musical. *O Som de Um Coração Vazio*, como a chamamos. Fico feliz por ela ter vencido a barreira da vergonha.

Eu deixei Carolina me convencer a fazer aquele vídeo e Igor gostou da ideia. Conversei com minha mãe sobre o assunto e ela me incentivou a ir em frente.

Meu irmão e minha namorada disseram que eu tenho alguma voz entre meus fãs, e devo usar meus problemas para ajudá-los. Fiquei um pouco receoso porque não quero parecer um oportunista, nem que me julguem pelo que vou fazer, mas eles tiraram isso da minha cabeça. Um fã que enfrenta problemas similares aos meus é o que mais importa. Se conseguir ajudar pelo menos uma pessoa, não interessa o que os outros dirão.

Carolina posiciona o celular e faz um sinal positivo. A ideia é fazer algo simples, porque o foco é a mensagem que irei transmitir. Um vídeo superproduzido foge ao nosso objetivo.

Respiro fundo e começo.

> *"Hoje quero falar de algo sério. Não é nada relacionado à música, novidades, shows. Hoje quero falar sobre algumas doenças que afetam milhares de pessoas pelo mundo, como TOC, depressão, crise de ansiedade, bipolaridade, e eu sou uma delas.*
>
> *Há alguns anos tenho TOC. Não é algo legal para se conviver e venho lutando contra minhas obsessões há muito tempo. Elas geram compulsões que começaram a mexer com meu emocional, e me fizeram ter um princípio de depressão.*
>
> *Imagino que alguns de vocês enfrentam os mesmos problemas que eu, e quero que saibam que não estão sozinhos. Eu não estou sozinho. Respirem*

fundo, levantem a cabeça e peçam ajuda. Sim, peçam ajuda. Sei que é algo difícil de se fazer, eu mesmo relutei muito até aceitar que alguém me dissesse que estava doente. No começo, parece algo sem grandes consequências, algo inofensivo, mas a partir do momento em que sua vida começa a ser regida pela doença, é hora de parar e pedir ajuda. Não sinta vergonha de chegar para alguém e falar: 'eu estou doente, me ajude'. Tenha a certeza de que as pessoas que estão à sua volta gostam de você, e farão de tudo para ajudá-lo a passar pelos momentos complicados que as doenças trarão. Pedir ajuda não é sinal de fraqueza, muito pelo contrário. Requer coragem.

Não estou aqui para fazer uma cartilha de como se comportar, nem para dar lição de vida a alguém, até porque não sou um especialista no assunto. Mas não fique quieto, não aceite a doença. Procure se ajudar. E se você não sofre de nenhuma delas, mas desconfia de que alguém sofre, ofereça ajuda. Mesmo que a pessoa recuse, insista, insista. Não desista. Eu sei o quanto é complicado viver com uma ou mais dessas doenças, e sei também o quanto é complicado conviver com alguém que tem uma dessas doenças. Minha mãe tem bipolaridade e TOC também. Meu TOC foi uma espécie de herança dela, que conseguiu me deixar tão obsessivo que não podia mais ver um quadro torto, ou deixar minha gaveta de meias desarrumada, porque achava que algo ruim iria acontecer por minha causa ou comigo.

Hoje ela está bem após se tratar intensamente. E eu também estou melhor e aceito o fato de que as coisas ruins que acontecem ao meu redor não são minha culpa. Adivinhe só? Algo ruim sempre irá acontecer, infelizmente, e não temos como impedir alguns desses acontecimentos. Mas temos que aprender a lidar com eles, e podemos impedir que o TOC ou a depressão tomem conta da gente.

Eu sei que falando parece fácil e, acredite, não é. Você tem um longo caminho a percorrer até ficar bom e conseguir controlar a doença, mas não desista. Sempre haverá problemas em nossas vidas, eles estão aí para nos testar. Aprendi que posso viver com eles, eu posso sobreviver. Eles não irão tomar conta da minha vida, eu serei mais forte que eles. E você também.

Não se deixe vencer, viva um dia de cada vez. Os problemas estarão aí, mas o melhor momento da sua vida é o aqui e agora. Parece clichê, algo batido, eu sei, mas é aquela velha mensagem: 'o instante em que você está vivendo é uma dádiva, por isso se chama presente'. Não me lembro onde e quantas vezes ouvi essa frase ou algo similar, mas é a mais pura verdade e, a partir do momento em que você passa a aceitar isso, sua vida muda. Claro que não de uma hora para outra. Como falei, é um longo trabalho que você precisa fazer em sua cabeça. Mas mantenha em mente que cada dia é único, viva cada um deles como se fosse especial, como se fosse o melhor dia da sua vida, e aprenda a dominar seus medos e seus problemas. O amanhã irá chegar, mas não pense muito nele. Viva cada instante até controlar todos os seus sentimentos.

Não quero que isso pareça um vídeo de autoajuda, embora já esteja parecendo, mas se lembre de que a sua vida é preciosa sim e é uma bênção. Viva cada instante com intensidade, não pense que não há saída, não pense em terminar com tudo. Hoje pode parecer um dia ruim, mas amanhã será melhor. Dias ruins existem, mas eles passam, acredite em mim. Nada é tão ruim que não possa sumir. Faça coisas que te deixam feliz, calmo, faça o que gosta de fazer. Tente ficar cercado de quem você gosta e peça ajuda. Todo mundo tem alguém na vida que se importa com você, mesmo que ainda não tenha percebido isso. Olhe em volta, não se deixe vencer pela vergonha, medo ou sofrimento. Tudo vai melhorar. Acredite em mim.

Sempre haverá um novo dia. Seja forte."